U0838019

冰心散文奖

获奖作家散文自选集

琉璃的锋芒

夏海涛 著

组　　稿：中国散文学会

总 主 编：周　明　红　孩

执行主编：凌　翔

中国经济出版社

CHINA ECONOMIC PUBLISHING HOUSE

·北京·

图书在版编目（CIP）数据

琉璃的锋芒 / 夏海涛著.

—北京：中国经济出版社，2019.12

（“冰心散文奖”获奖作家散文自选集 / 周明，红孩，凌翔主编）

ISBN 978-7-5136-5647-4

Ⅰ. ①琉… Ⅱ. ①夏… Ⅲ. ①散文集—中国—当代

Ⅳ. ① I267

中国版本图书馆 CIP 数据核字（2019）第 073150 号

策划编辑　崔姜薇
责任编辑　焦晓云
责任印制　马小宾
封面设计　陈　姝
封面插图　阿　秋

出版发行　中国经济出版社
印 刷 者　唐山楠萍印务有限公司
经 销 者　各地新华书店
开　　本　710mm × 1000mm　1/16
印　　张　13
字　　数　168 千字
版　　次　2019 年 12 月第 1 版
印　　次　2019 年 12 月第 1 次
定　　价　49.80 元
广告经营许可证　京西工商广字第 8179 号

中国经济出版社　**网址** www. economyph. com　**社址** 北京市东城区安定门外大街 58 号　**邮编** 100011

本版图书如存在印装质量问题，请与本社发行中心联系调换（联系电话：010-57512564）

版权所有　盗版必究（举报电话：010-57512600）

国家版权局反盗版举报中心（举报电话：12390）　服务热线：010-57512564

推荐语

夏海涛的散文自然温婉、质朴流畅，能够很快将人带入另一个天地、另一种想象，如同大自然抖落下来的叶片与花瓣，存留了她的芬芳和色泽。泰山脚下的风光、劳作和收获，各种生活情状，都传达出天然别致的音韵，分外动人心弦。海涛扎根在自己的土地——那片情感浸透之地、常常入梦之地，写出的一草一木皆出神采，一山一河皆有真情，每一篇都有极为具体的、非同凡响的发现和喟叹。

——中国作家协会副主席　张炜

夏海涛是一位具有强烈生命意识、现代意识和鲜明个性的诗人，他的这部散文集也充满了诗的灵动，想象奇崛，文采绚烂，情意飞扬。夏海涛笔下的山川风物皆有神魂，不论是轻吟浅唱的惊鸿一瞥，还是洞烛幽微的冷眼静观，都有独特的感悟和发现，渗透着一个内心丰沛的歌者的万千情思，是新散文的新收获，值得读者热烈关注。

——中国作家协会书记处书记　邱华栋

夏海涛的散文真挚、质朴，尤其乡土散文，随处可见童心、童趣，从而使得他的文字如秋日田园，阳光照耀，宁静而辽远。

——《散文选刊》主编　葛一敏

目　录

第一辑　在时光的水中

第二辑　童年的一场花事

第三辑　夏日的草莓

第四辑　玻璃孩子

第五辑　穿行在石头和方块字中

第一辑　在时光的水中

水流进大海，就消失在浩瀚之中了，这是水的无奈。同世界上其他大多数河流不同的是：黄河在不停地、徒劳地搬运着泥沙，就像传说中的精卫，衔来石子和树枝，不停地填埋着大海，不停地诞生出新大陆……

琉璃的锋芒

一

会有一道光，穿过琉璃的表面，扫过我们的双目，抵达灵魂。如果你能感觉到战栗和灼伤，你就会读懂琉璃，并成为琉璃的知音。

世上所有的一切都是有生命的。当我说出“琉璃”这个词的时候，会有一种铺天盖地的力量直冲过来，这是词语本身所具有的能量。琉璃圆润无比，晶莹剔透，却又透出一种让人无法躲避的锋芒。它穿过时间，穿过黑暗，抵达我们身边。它是抽象的，又是具体的；它大到无边无际，又细如发丝，环环入扣，拨动我们的毫发和心弦。

“世界琉璃看中国”，这是陈述琉璃这种古老、神奇的物质源于中国，是这片神奇土地上诞生的奇迹；“中国琉璃看博山”，这样肯定的话语一经说出，就具有了无须自证的威严，从此博山就披上琉璃的光芒，成了一个让人向往的神秘之地。

火，成就了石英的虚幻想象。在火中，在1400℃的高温中，一切言说都是无用的，只有把自己完全打开、融化，在火红的炉膛里、烈焰中打几个滚，体会灵魂的煎熬，才能在之后的冷却中获得新的生命。琉璃的诞生，就是一个从生到死，然后死而复生的过程。

就像此刻，我坐在夏至最长的阳光里，感受太阳的炉火，用一个个滚烫的文字，写下内心澎湃的激情。沉静的文字被火点燃，关于琉璃的美妙诗篇源源不断地溢出。

二

石头生长在哪里，其实是一个随机的事件，在大自然的形成过程中，谁也无法预料结果，更无法控制结局。比如，全国拥有石英石和高岭石矿的地方何止千万，为何独独在博山这块土地上形成了巨大的琉璃窑炉，形成了数百年的手工历史？这种必然里面，一定有着我们无法解释的密码。

一个地方所具有的一切，一定是和她的文化传统相互印证的。说起博山，也许我们要回到2000多年前的春秋战国时期。

公元前374年—公元前221年，在齐国，出现了中国历史上第一所著名的学府——稷下学宫。在长达150年的历史中，由于有着开放、包容、自由的学风，来自各地的学者和门生居住在此，辩论、切磋、著述、育人，稷下学宫出现了中国历史上前所未有的“百家争鸣”、思想多元的格局。

博山陶琉文化历史悠久，享有“中国琉璃之乡”的美誉。它不仅有国内最早的元末明初的古琉璃窑炉遗址，而且在明朝初年就已经开始为宫廷进贡产品了。后来，博山的琉璃产业逐渐发展壮大，清代的时候，博山成为全国琉璃生产的中心。

艺术的创造需要的就是自由，以及无拘无束、天马行空的想象。琉璃从古到今落脚在淄博这块土地，与 2000 多年前形成的自由不拘的思想同出一辙，有着无法割断的精神渊源。

同陶瓷相比，琉璃从一出生就与众不同。

陶瓷是冷进热出，一坨冰冷的陶泥，在人的手中变成了一个个形状各异的坯胎，它们带着人的体温，带着人的想象，走进火热的窑炉中，在烈焰中完成了蜕变，成为质地坚硬的陶器和瓷器。而琉璃是热进冷出，先把自己变成 1400℃的红色晶体，融化在这样的温度里；然后经过数十道工序，成型之后慢慢降温，在冷却中诞生；全部的热量收拢在内心，光润其外，怀揣锋芒，成为一件外圆内方的艺术珍品。

它们的作用是不同的。陶器和瓷器是大众化、世俗化、生活化、物质化的载体（当然不能否认，不少瓷器也具有精神上的象征）；而琉璃从来都是精神高蹈的器皿，从未在民间游走，由于稀缺的缘故，它的足迹一直是神秘的，它游走在古代少数人手中，穿越在高于平民的生活之外。琉璃为中国五大名器之首（琉璃、金银、玉翠、陶瓷、青铜），又是佛家七宝之一，佛经《药师琉璃光如来本愿经》里这样写道："愿我来世，得菩提时，身如琉璃。"

说起来，琉璃的诞生，有着一个非同寻常的传说，正是这样的传说，使得琉璃从一出生就蒙上了神秘的色彩。事实上，琉璃与青铜剑有着同样的出身和血缘关系。

青铜器作为一种兼具实用与象征意义的器具，在历史上有着让人无法回避的重要性。它的出现，使得人类文明进入了"青铜时代"。青铜器不仅可以衡量时代的生产力水平，更可以衡量古代文明发展的程度。"国之大事，在祀与戎"，青铜器的使用，与祭祀、战争有着密不可分的关系。说到这里不得不提一下，1965 年，在湖北省荆州市发现的一座楚国贵族墓里，出土了许多青铜武器，其中最著名的就是带有铭文的越王勾践剑。这把剑历经 2000 多年的掩埋，出土时毫无锈蚀，并闪烁着炫目的青光，寒气逼人，锋利无比。

琉璃的诞生，就与这个卧薪尝胆的勾践有关。相传春秋时期，范蠡受命为越王勾践督造王者之剑，用了三年时间才铸成。在卸下模具的时候，发现了一些伴生的奇怪的绿色粉状物质，把它与水晶熔合后形成了晶莹剔透、形状圆润、美妙无比、敲击有金属之音的物质。于是，范蠡将此物称为“剑道”，随铸好的王者之剑一起进献给越王。可惜勾践不识范蠡的良苦用心，只留下了宝剑，而将宝物命名为“蠡”，然后退还给范蠡。

这是文献中最早关于琉璃诞生的故事。我很庆幸，在这个故事中，琉璃和青铜剑发生了密切的联系。

宝剑作为战争的武器，在冷兵器时代，有着无可替代的作用。就在铸剑的过程中，中国人心目中最有魅力的男人之一范蠡，终于发现了琉璃。在范蠡看来，一把绝世宝剑从诞生起就有了天然的锋芒和锐气，它阳气十足；而阴柔无比的琉璃作为剑锋的映衬，用一个充满了哲学意味的“道”字涵盖了全部。也许在范蠡那里，剑是物质的，是阳刚的，琉璃是阴柔的，是物质的另一面——精神的象征。宝剑是取得胜利的法宝，用来赢得战争；而“剑道”是止战，是不战而胜的最高境界。

在这里，虚幻的琉璃作为一种精神的凝聚，一种超凡脱俗的象征，是对战争、兵器的另一种诠释。

故事后来就有了更加感性的色彩：范蠡遍寻天下工匠，将退回的“蠡”打造成精美的首饰送给了他爱慕已久的美女西施。后来西施作为“间谍”埋伏在吴王夫差的身边，演绎出一场旷日持久的复仇和复国的故事。当然这些都已经隐在了历史深处，只是西施流在“蠡”上的眼泪，在 2000 多年之后，依旧在琉璃之上诉说着什么……

克罗齐说“所有的历史都是当代史”，因为所谓的历史都是当代人的解读和关照。在克罗齐看来，时间本身不是独立的存在，也不是事物存在的外在条件，它只是精神自身的一部分，所以我们既不能把时间，也不能把过去看成是精神以外的事物。故此又可以说，在大家看来早已消逝的过去的荣光，其实依然活生生地存在于精神之中，存在于我们之间。

正是这样的解读，使我们对琉璃的来源有了深刻的理解——琉璃其实是我们关于精神和诗意生活的一种向往和寄托。

三

从周敬王元年，也就是公元前496年，范蠡发现琉璃至今，已过了2500多年，琉璃经过了太多的历史事件，以至于我们在提到琉璃的时候，都不知道它到底处于什么样的时间节点上。

我在一个琉璃展览馆里看见过战国时期的琉璃。那几枚战国琉璃珠静静地躺在聚光灯下，那绝美的光泽，透过藩篱，从遥远的时间深处，发出一道道闪电。

是的，我这里用了“闪电”这个词。因为在那个上午，我穿行在各色的琉璃制品搭起的长廊里，当我走到一个展柜的时候，那道闪电击中了我。

那是一个叫作“蜻蜓眼”的战国琉璃。在古朴的琉璃上面，胡乱地长着几只眼睛，我所感受到的光就是从这些眼睛里射出的。历经了这么多年的磨砺，这几枚琉璃珠子依旧掩藏不住犀利的光芒。

看来，时间是无法屏蔽琉璃的光芒的，就像沙漠永远无法阻挡水的存在，琉璃也不会因为时间而废弃，相反，正是由于时光的尘埃落在琉璃上，才使那些古老的琉璃更加意蕴深邃。

由于制作工艺保密，琉璃从诞生之日起就显示出它的与众不同。关于制造琉璃的原材料，在我国古籍中一直是语焉不详的。

古代的琉璃是用琉璃石加入琉璃母烧制而成的。琉璃石是一种有色水晶材料,《天工开物·珠玉篇》说过:凡琉璃石与中国水精、占城火齐,其类相同……其石五色皆具……此乾坤造化,隐现于容易地面。天然琉璃石日渐稀缺,尤为珍贵。琉璃母是一种采自天然又经人工炼制后的古法配方,可以改变水晶的结构与物理特性,使其在造型、色彩与通透度上有明显改善。

如果说琉璃石是一种天然水晶还好理解,那么神秘的琉璃母就成为难以解开的谜。宋人在《铁围山丛谈》中记载:琉璃母者,若今之钱滓然,块大小犹儿拳……又谓真庙朝物也……但能作珂子状,青红黄白随色,而不克自必也。

作为一种神秘的原料,琉璃的出身被虚幻了。

西方的玻璃是由钠和钙元素组成的,而中国的琉璃所含的元素是铅和钡。琉璃的颜色多种多样,古人也叫它“五色石”。到了汉代,琉璃的制作水平已相当成熟,但是冶炼技术却掌握在皇室贵族的手中,一直秘不外传。当时,人们甚至把琉璃看得比玉器还要珍贵。

四

是那些无用的东西吸引着人们去探究,去发现,去享受。相比于吃穿,制造琉璃压根就是一种无中生有的人类活动。

关于琉璃起源的另一种传说,源自古代的阴阳家和方士,他们为了追求长生不老的仙丹,用坩埚、铅石和火制造出来琉璃。火中,人类为了长寿,寻找与时间对抗的仙丹妙药,却在无意中炼成了琉璃,一种具有生命力的物质。

从某种意义上说,无用的琉璃是在无意中闯入了人的世界,它来自石英、高岭土和铅钡构筑的故乡,直到有一天突然走进了烈火,成为一个失去故土的浪子。

在人间，由于它晶莹剔透，所以具有了特别的象征意义。

从诞生的那一天起，它就具有了天生的、义不容辞的义务，成为人类对美的追求的一个特殊的标本。

琉璃具有其他物体所不具备的个性，比如纯粹性和无用性。它既单纯又复杂，纯粹的质地和丰富多彩的琉璃表面，使得它自身带有一种无法抹去的特质，具有了一种难得的灵性与神性。

琉璃是易碎的，瞬间的撞击就可以让它粉身碎骨，从一个完美的构架变成无法挽回的碎片。琉璃又是绝美的，它身上有一种不确定的美，这从它的诞生过程中就能体现出来。琉璃在火中是不确定的，人们无法把握它的样子。正因为这样的不确定性，使得每一个琉璃都成为唯一的、不可复制的。每一个琉璃都浑然天成，它不属于大自然而独独属于人类自己，它是美的尤物，是一种不可控之中的可以控制的美。

“仓颉造字”的传说是这样的:“昔者仓颉作书，而天雨粟，鬼夜哭。”仓颉造出的汉字体现的是天地造化、阴阳变化之规律，揭示了自然客观秩序的大美与和谐。自然造化不再有任何秘密可言，所以天降雨粟；灵怪不能隐其身，故鬼怪夜哭。

而人们造出的琉璃，同样揭示了人间大美，将人们对自然的感悟融入其中，天地将为之彰显神迹……

在人与时间的角力中，琉璃是人们手中唯一可以掌握的果实。每一个心怀善念的人，都看得见琉璃发出的光芒……

穿越棋山

什么样的奇迹都有可能发生。当我动身沿着大汶河逆流而上时，我知道，这将是一场魔幻之旅。

说逆流而上并不准确，准确的说法应该是沿着阳光的来路，向着东方前行。这很有意味，很有那种被文人们津津乐道的象征意味。大汶河是唯一一条自东向西流淌的大河，它的走向和阳光一致。

我所谓的逆行，也只是一种表达。我没有前人郦道元那样的毅力和耐性，我驾驶着飞驰的汽车，从泰山赶往莱芜。窗外急促倒行的风景，仿佛和传说中的故事一般无二。

那是一个久远的没有了特征的传说，每一次的述说都与时间有关，每一次的讲述都让人陷入一张蜘蛛织就的大网，在风中飘摇着，在丝线扯开的想象里，感受暂时的失意。

这是一个让人怦然心动的故事：

一个砍柴的小伙子，扛着他的斧头上山了，他的名字叫王质。

因为贫穷，阳光的王质显得质朴可爱，他身上没有浮华的影子，本质上更接近原始的大山和单纯的石头，因此他才有可能作为使者，跨过人间和仙境，亲历万般传奇，触摸到时光的内核。

就这样，在棋山深处，樵夫王质第一次和棋相遇，和两个举着棋子的老者相遇。他看到石头被老者握着，一块一块摆上棋盘。他一定是惊呆了，他质朴的少年脸上满是惊讶，他不知道这样人迹罕至的地方会有这样一局棋，有这样两个老者气定神闲，举棋不语……

当我行走在泰莱大平原的时候，我的心被一种美妙的情感充盈。我知道棋山在莱芜市不过是一座海拔 596 米的小山，可是，烂柯的故事却将山的高度无限拔高，让想象直立起来，向着无穷无尽的苍穹生长……

山不在高，有仙则名。我想那两个鬈发飘飘的老者，已经改写了棋山的繁简体，从未谋面却又永远难忘，棋山就是以这样的方式，让每一个造访者变成了棋山上的一枚枚棋子。

此前从未谋面的文友老周却是一见如故，不知是因为他的文人气质，还是因为至圣先师孔子的缘故。说起来老周也是名门之后：他的 86 代高祖就是大名鼎鼎的周朝辅臣宰相周公，也是孔子的老师。孔老先生一再强调的“克己复礼”，就是恢复周朝的礼仪——这大概是有记载的至圣先师最早的老师了！

因为久远，因为醇厚，在这块古老的土地上，一切都有可能。你也许会遇见一些难以解释的人和事，这里的人们怀着质朴的情感认为，这很正常，发生的一切都是命中注定。

老周虽长得一表人才，可是举止贫民化，丝毫没有贵族气质。他像一本打开的地图，又像是一本地方志，他的讲述让棋山的故事渐入佳境。

……误入山中的少年樵夫王质，看棋看得如醉如痴。这一定是本质中的某种情感暗合了这样的情形，青石板上，几横几竖的深痕就是天然造就的棋盘了，棋子就是浑然天成的圆形石头。一手接着一手，一颗跟着一颗，石头仿佛有了灵性，有了生命，在一段奇异的时空中，辗转腾挪，舞动着，跳跃着，而拨动棋子的老者，却是那样淡定、从容，仿佛在轻轻抚动一粒尘埃，他的目光扫过广袤的大地，缥缈得仿佛没有分量。

少年王质随手接过老人递来的一颗枣子，含在嘴里，顿时津液丰沛，甘泉汹涌，时光掠过了少年的额头。王质在恍惚中，感觉到四周的树叶如同万花筒，一会儿绿过，一会儿黄过，各种色彩交互替换，如同窗外倒退的光景……

这就是棋山下我的老家！老周的话把人的思绪拉回了现世。是的，是现世，这是我们生存着、恪守的时光序列。

世界一定是由不同的序列组成的。人总是活在现世，而神仙们居住的是另一个时光空间，只是他们可以推开时光之门走入我们的生活，走进我们的文化或传说，而我们却无法走进他们的，我们只能在文字的描述中，感觉一次次精神恣意的飞翔。

老周的故事和棋山的关系很简单。下学后的老周耽于读书和写作，而这和农村的生活格格不入，于是看山就成了青年小周的最佳选择。

和王质不同，小周一年四季都在山上，这个被称为懒汉才干的活儿，对小周来说再合适不过，既满足了他的观山欲望，又提供了足够想象的空间和时间。

山和山是相连的，却分属不同的行政区划。邻村看山的大爷很看重这个小伙子，在和他聊熟之后就下山去了，第二天就派了自己的大闺女来看山。少男少女在浑然无拘的大自然中，一边看山，一边迎着阳光，在青色的草地上，畅谈着青春、未来和生命中的种种新奇。

我在这座大山行走的时候想象过，寂静的大山，是否因了两个单纯的生命，就变得更加柔情了一些？结论是否定的。大山依旧冷峻无语，青春只在记忆里留下了某些异样的色泽。

王质看棋不语，成就了千年的传说。小周看山，还不定隐藏着邻村大爷什么样的秘密呢！

……关于王质看棋的时间，没有人能够详细计算，传说中的王质只是感觉时间很短，甚至只有一盘棋的工夫。

其中一个老者在下棋的间隙扭头说了一句：孩子你还不回去？！王质如醍醐灌顶，从痴迷中清醒，提起插在地上的斧头就要转身，忽然间只摸到了一把锈迹斑斑的斧头，而坚硬的枣木把儿已然烂掉！

或许惦记着山下的亲人，王质顾不上多想，转身下山了。他步履匆匆，飞一样赶回村子，却发现物是人非！村落变得既熟悉又陌生，巨大的树木擎天，而祖居的房子早已不在，没有人认得他，人们看他时奇怪的眼神犹如看着一个天外来客。

天上方一日，人间已千年。王质怀着巨大的失落问自己：我是王质吗？知道我王质的人今安在？我不是王质吗？那么我又是谁？我在哪里？我是活在当世还是活在未来？……

王质的疑问我们早就听不到了。我们是活在当世的一群俗人，碰巧聚在了棋山，聚在了传说的起点，于是忍不住想听一听，山中是否会有王质留下的回声。

老周的故事依然和棋山有关。那个邻村大爷企图靠棋山撮合一桩好事的计划终究没有得逞。少年小周和那个青春烂漫的叫小棋的女孩子，单纯得没有一丝悬念。他们一起枕着青草仰望白云，讲着久远的故事，也曾在无聊时画一个棋盘，三横三竖，三颗石子，一天厮杀。

3年后，小周招干成了干部，并在父母的包办下同表亲定亲，然后结婚生子。

20年后的一天，老周在棋山下的一个集上买东西，想回家看看父母，突然听到有人叫他：小周，小周！老周心中诧异，是谁还用这样青春的嗓音在召唤？蓦然回首，他仿佛看见青春盈盈的小棋正站在远处。小周，小周！碎掉的时间像落叶一样，瞬间飘满了20年的空间。仔细端详，小棋已经年轻不再，额头上纵横交错着，就像棋山上那深深浅浅的棋盘。

流水行去世代殊，石棋山上有樵夫。
至今传说樵柯烂，不识当年柯烂无。

老周颇有恍如隔世的感觉。

传说中的王质重新回到了棋山。在现世中，老人老屋老的一切不复存在，王质失去了存在的参照物，他成了这个世界上存在着的虚无！或许，他只有在另一个时空中，才能找到自己的坐标。于是，王质回到了棋山，回到了故事中……

现实中的老周成了作家，他把自己和小棋的经历写成了故事。不知道1000年之后，这段故事会不会变成棋山新的传奇。

只有我这个外乡人，站在这个仅有596米高的海拔上，远远眺望着滚滚流淌的大汶河……

河两畔，埋葬着新石器时期的石头和祖先；河之上，高悬着奔涌不息、亘古未变的苍穹。

活着的水

水是有生命的。这个星球上流动的水，最终流向大海，在海里重新升腾挥发，形成新的生命的循环。万川归海，这是所有流水不得不面对的宿命。

九曲十八弯的黄河也不例外，它是从山东省的东营市垦利区汇入大海的，那里是黄河的归宿。

——题记

一

一条河，一条奔涌的大河，和别的山川河流一样，它是大自然的一部分，它们构成了大自然。

一条河能够从自然属性走出来，然后进入精神层面，进入人类创造的文化系统，一定经历了极其复杂的过程。

黄河，从一条自然的河流，走入中国人的精神世界，就包含了这样的奇迹。同黄河一样，长江、长城、泰山，脱去它们的物质外衣，最后都走进了历史词典，走进基因和血脉的暗流，成为华人生命的一部分，并伴随着人的生命延续、生长……

我曾经三次来到东营市垦利区的黄河入海口，感受到这种东流不归的结局。三次来，都没有写下文字。我想这一定是有原因的。所谓事不过三，而这次，我不得不坐下来，仔细回味我生命中与黄河的三次遭遇。

那是2010年的春天。陪同几个作家采访完之后，我们向垦利当地主人提出了一个小小要求：想去看看黄河，想坐上游船从黄河入海，感受一下河海交汇的瞬间。

“君不见，黄河之水天上来，奔流到海不复回”“白日依山尽，黄河入海流”“黄河东入海，何时复西归”……古人的诗句像泉水一样涌出，令人浮想联翩。然而，古人们都是站在诗意的高度看河、看海，写出自己的感觉，而我们这次是“沿黄河入海”，跟随着黄河水涌向大海，这样的句子本身就有张力，能够极大地激发诗人和作家的想象。

阳历五月初，正是黄河的枯水期，黄河开始变得“瘦弱”，但是游船仍然按时出发。在当地诗人的带领下，我们一行四人登上了游船。

风迎面吹过来，你分不清这是河风还是海风。在河海交汇的地方，所谓的边界是模糊的，就像流动的水没有边缘。

想象一下几位作家初次漂在黄河上的感觉吧。我们的船以每小时40公里的速度前进着，迎面而来的风实在太大，好像一块大布紧紧地裹在我们的脸上。很多时候，我们不得不侧面而坐，以避开扑上来的风。

在中国的大江大河中，黄河是有着独特地位的一条河。伟大如毛泽东，一生何等豪迈，“到中流击水，浪遏飞舟”，可是对于黄河，他始终小心翼翼。1948年，毛泽东在和周恩来等人乘舟过黄河的时候，曾感叹：“你们可以藐视一切，但是不能藐视黄河。藐视黄河，就是藐视我们这个民族。”新中国成立后，他曾经放出豪言，“一定要把淮河修好”“一定要根治海河”，也曾42次畅游长江，写出了“不管风吹浪打，胜似闲庭信步”的诗句。但是面对黄河，他却始终异常低调地说，我们一定要把黄河的事情办好！

我想我们的交谈一定是被黄河水听到了，否则就不会有下面神奇的事情发生了。

我们的船在水面上飞着，溅起的黄色浪花射向远处，随波逐流的感觉油然而生。黄河像一把射出的黄色箭镞，沿着水的方向直插蔚蓝色的海洋。据说在航拍的时候，人们可以清晰地看到这个“一箭中的”的壮丽场面。可惜我们来的时候正是黄河枯水期，河已经“瘦”得不成样子了。在距离大海还有几公里的时候，游船因为吃水问题而不能前行了。我们只得抱憾而归。

返航的时候，船依然高速行驶，我手持一架照相机，站在船尾的甲板上，不停地拍摄溅起的浪花。突然，飞驰的游船一个急刹，我手握相机仰面摔倒，由于惯性太大，在甲板上滑行了十几米才停住。那一瞬间，魂飞八极，时间仿佛返回了洪荒……

当时，同行的诗人和作家都吓坏了。大家慌忙围拢过来，毛三火四地伸出手来。没等他们拉扯，我近乎鲤鱼打挺一样坐了起来，相机还在胸前好好挂着。我最担心自己的腰椎和颈椎，这些地方都曾经不同程度地闹过罢工。爬起来活动一下腰身，居然没有什么不适的感觉。

原来刚才两船相错的时候，船长的舵稍微往外打了一下，瘦长的河道水位很浅，碰到了底下的泥沙，相当于来了一个急刹车。别人坐在位子上还不至于有事，唯独我双手持着相机且背对船头，上演了一场惊险大片。这样的事情发生在陆地上，一定非伤即残，想我当年因为腰椎牵引，还住过半个月的医院，实在害怕这重重一摔会引发什么后遗症，可我居然一点儿事都没有，好人一个！

想想刚才坐在船上意气风发、指点江山，一定是冥冥中的某个声音通过这一堆泥沙提醒和暗示我们，什么叫“过犹不及”。

船到码头，满船的游客涌向了出口。我回转身再次来到甲板上，对着滚滚东逝的黄河跪下，当当当磕了三个响头，口中念念有词：感谢！感谢！感谢！

有时候，敬畏不是一种做派，而是发自内心的虔诚和自觉。在我低垂的头颅之上，是愈发高远的天空和蔚蓝的寥廓。

二

黄河是有生命的，就像人间的万事万物。第二次去黄河入海口是专程而去，为的是看那芦花飞雪的奇妙。

在黄河入海口，水携带着巨量的泥沙涌向海里，从海拔5000米的高度一路扑将下来，河与水相互成全。河护卫着水，九曲十八弯，冲破时间的藩篱，书写着圆润屈就和波涛汹涌；而同时，浑浊的水也身先士卒，用柔韧的刀子划开河床，切割出艺术家的审美和出人意料的鬼斧神工。他们一路相互依偎，抻开一条水做的彩带，流过之处，打湿了生命的萌芽。

当他们冲进大平原的时候，发现已经没有力气行走，几乎只是凭借着本能缓缓流动。他们还要在最后的时候，携手冲进大海，和海水争夺生存的空间。大团的泥沙沉积下来，黄黄的河水逼退了海水。高原的泥土在海里扑下身子，躺在岩石上，成为最初的大陆。厚厚的泥沙被海水腌渍，泥土成为腌制的标本。

新的大陆诞生了。千万亩的盐碱滩涂上，生命陷入一片死寂。湿地上一种叫作海蓬子的野草总是率先长出。它们吸取了盐分，改变地质，每年秋季，一簇簇的海蓬子变成红色。当海蓬子的红色燃遍海滩时，芦苇和荻子就开始生存——荒芜的土地已经有了生命的迹象。

芦苇和荻子，成为新生土地上生命力顽强的象征。

秋去冬来，黄河滩涂上，成千上万的候鸟途经此地，或者栖息，或者觅食，它们把影子投在水中，用黄河水照耀自己的倒影，借此证明自己的存在。——或者它们压根也不照什么镜子，只是沿着内心的本能，由南向北，由北向南，迁徙着，听从生命的召唤……

这时候，与候鸟一起飞翔的，就是漫天的芦花了！如果说黄河也有成熟的时候，那么芦花飞雪，就是其中最有意义的一个片段。

风吹起，被秋光染黄的苇子不停地摇动着弯下身体，用妥协换取生命的成熟而避免折断。有时候，妥协也是一种生的状态。

风再次吹起，芦花，这种伪装成花的种子就会艺术地解脱，它们摆脱母体，生出柔软的翅膀，借着风的浮力，顺利地升上天空，与候鸟一起迁徙，带着生命的密码，带着种族的重任，漂泊天涯……

飞雪一样的芦花，是黄色的河开出的秋之花。

就在我沿着黄河郁郁而行的时候，我遇见了一块被收拾得干干净净的玉米地，夕阳从地的西头慢慢落下，把一架驴车和赶毛驴的老者，用剪纸的笔法镂空。

黄河向东，夕阳向西，老农赶着驴车，走在回家的路上……这样一幅安静的木刻画，镶嵌在黄河冲积平原上，大地上呈现出静寂与安详……

三

第三次看黄河，简直就是量身定制之旅。5月，为了槐花笔会，天南地北的文友相聚一起，沾着诗和香，寻找十万亩的槐林，以及散落四周的诗情和画意。

树对于黄河湿地来说，具有特别的意义。在入海口，有一个奇怪的地名，叫作“一棵树”。用一棵树来命名地名，显示了树在黄河入海口的重要性。

旷野大漠，盐碱滩涂，一望无际的白茫茫，一切都显得那么寂寥。一棵树的出现，让旷野变得有了内涵，有了生命的期待。尽管它只是一棵树，但是对人来说，它就是生命的全部。

不过，我们来的时候，那棵树已经死掉，人们在原来的地方重新种了一棵。

生命是消失了还是在延续呢？看见这样的树，你除了心生敬佩，绝不会有其他的想法。

在这块新生的土地上，生命就是奇迹。由于盐碱，每种一棵树，都要换掉树下一米见方的泥土。当树苗壮生长成参天大树的时候，当我们为之庆幸的时候，生命也往往遭遇暗算：发达的根系会穿过换掉的土层而进入到盐碱泥土，生命就会戛然而止！

不生长是死，生长得太旺盛，竟然也是死！若生，只能在这样的夹缝中生存。这是黄河的馈赠还是无奈？

因此，当黄河上有十万亩槐花林，当每年春天槐花绽放的时候，人们就有了欢呼的理由，这样的狂欢，在这块贫瘠的土地上怎样做都不过分。

当我们为这个盛大的节日而赶来的时候，黄河边上的槐花林却和我们开了一个玩笑：槐花早早开过，他们只用满树的绿叶来迎接我们的到来……

看来，花开是不要预约的，就像看海也不要预约。你可以骑上风，去追逐每一朵浪花。我们没有看见槐花，却从每一片叶子上看到了生命的存在，于是对明年有了新的期待……

大地上到处都有槐花盛开，唯有黄河滩上的十万亩刺槐林，有着如此复杂的含义。

黄河是母性之河，她孕育了中华文明。

黄河还是生命之河，千万年来，她不停地延长着自己的轨迹，铺展开身子一直成长着。

其实，水有着多种伸展方式：济南的泉水是从地下向着天空延伸，结果方向决定了它的高度；而黄河携带着万霆之势，从海拔之上呼啸而下直扑大海，沿着横坐标无限地延伸……

黄河用自己千万年的存在证明着什么叫生生不息。

水流进大海，就消失在浩瀚之中了，这是水的无奈。同世界上其他大多数河流不同的是：黄河在不停地、徒劳地搬运着泥沙，就像传说中的精卫，衔着石子和树枝，不停地填埋着大海，不停地诞生出新大陆……

所有的生都是有代价的，所有的生命都向死而生。

两位巨擘的相遇

一

站在北方放眼望去，一条江横亘在中国大地，蜿蜒曲折，犹如一条筋脉，忽而深埋，忽而凸显，在一万两千里的长度上，画着曲线。一条河，发源自同一个青海高原，在流经了9个省市之后，最终选择从山东省的东营市入海。长江，黄河，虽然看起来相隔千万里，其实却是同宗同源的。

就像齐鲁与吴越一样，早在2600年前，儒家的两位巨擘，就在齐鲁大地上有了某种深度交往。

公元前544年，在通往鲁国的驿道上，一辆马车郁郁而行。车上的人手握一柄宝剑，车身上是浮雕的一枝梅花。一个文静内敛的书生端坐其上，正打马向着鲁国首都——曲阜驶去。这时候，一段似有似无的音乐传来，他勒住马，停下车，侧耳细听。

此时的江南，在中原人的心里还是蛮荒之地，尤其是与周礼最为备至的鲁国国都曲阜相比。此次出访，肩负重任的吴国使者季札，心里充满了复杂之情。

说起来，吴国的开国始祖其实和周朝的渊源颇深。相传泰伯、仲雍二人是亲兄弟，他们的生父就是周朝太王古公亶父。按照当时的立法，他们二位相当于皇储，将来是要继承王位的。但是，他们的父王太偏爱三弟的儿子姬昌了，以至于满眼都是掩饰不住的爱。这个姬昌也不是一般人物，他正是成就了周朝800年基业的周文王。

为了不让老父亲为难，泰伯三辞王位，带着兄弟仲雍从陕西老家岐山一口气跑到了夷蛮地带的江南，定居于梅里（今江苏无锡的梅村），自创基业，建立了勾吴古国。泰伯没有孩子，也一直不称王，只让人喊伯，死后把王位传给了弟弟仲雍。这就是历史上著名的“泰伯让王”的故事。孔子称赞泰伯“至德”。泰伯被后人尊奉为吴国及吴姓的始祖。

历史仿佛总在重现。在传了19代之后，吴国又出了一个三次让国的季札。他的这次出使中原，就是一次历史的选择，也是他初辞国王之后第一次北上。他这次北上，完成了两件大事：一是踏上了鲁国的土地，聆听到正宗的周乐；再就是他的“墓门挂剑”，显示出他仁义宽厚、诚信守诺的品格。

二

季札的父亲寿梦做吴君时，以太湖为中心的吴国经济有了较大发展，国力增强，已敢于与中原强国抗衡。吴王寿梦生有四子，其中四子季札精通中原文化，智慧而又仁义，有远祖太伯、仲雍遗风。寿梦想把王位传给他，季札认为这样做破坏了嫡长子继承制度，会引起内乱，坚辞不就。寿梦只好立长子诸樊为太子。寿梦临终时留下遗命，将来一定要传王位给季札，当时的吴人也纷纷拥立季札为君。

为了让位，季札远离吴都而去，偶然发现了延陵（今常州）这块宝地。他觉得这里民风淳朴，便决定在此定居，躬耕山野，教化乡民。不得已做了吴王的大哥诸樊，只好封四弟季札于延陵，故季札又号延陵季子。诸樊同时立下规矩，死后君位继承采取兄终弟及制，一定要把君位传给季札。

因为季札通晓周礼，于是被委以重任，出使中原诸国。他和当时著名的政治家叔向、子产、晏婴都有过交往。

在路过徐国的时候，季札与徐王相交甚欢，徐王看中了他的佩剑，所谓心有灵犀吧，聪明的季札早已明白。但是佩剑出访是一种礼节，他这次北上，只带了一把剑一枝梅花而已，所以只能佯装不知。等他出访回来经过徐国时，竟发现徐王去世了。在徐王的墓前，祭奠之后的季札解下腰间佩剑，挂在树上离去……这一曲宝剑赠知音的故事，不知道将多少浪漫的种子撒在了江南。

当人们把季札作为一个政治家、外交家评论的时候，我更喜欢他身上散发出来的人文气质。作为一个艺术家，季札的耳朵是如此之灵敏，以至于在听鲁乐后竟然听出了每个国家的命运。

在周代礼乐文化最完备的鲁国，乐人为他表演了商周古代歌舞。季札听了《王风》，说这是思念文王、吴王的德行；听了陈国的诗，季札直截了当地指出，陈诗反映了国君无道，这个国家即将灭亡；季札还认为《小雅》是怨恨商纣的暴虐而隐忍不发；《大雅》声音和乐，委婉而又正直；《颂》正直而不至于倨傲，委曲却不至屈服，五声和谐，八风均平，表现了文王极盛的德化……

他对周礼的精通和独到理解，赢得了鲁人的敬重。这是他第一次和齐鲁大地发生联系。在他走进曲阜的时候，孔子不足 8 岁，正在经历自己的童年时代。两个大家似乎擦肩而过。

在这次出访中，季札以自己优异的表现，让中原认识了吴国。后来，他把周乐引入吴国。

三

29年后，他再次出访齐国，遇见了后来被誉为“至圣先师”的孔子。那一年，季札61岁，孔子36岁。

这年夏天，季札带着自己的儿子出访齐国，在归途中，他的大儿子意外去世了。写到这里的时候，历史闪进了黑暗中，我们已经无法拉开灯照亮当时的情景。有人说，也许是吴王的公子光（阖闾）为夺取王位而刺杀吴王僚的暗杀计划的一部分；有人说，也许是真的因为生病而亡。总之，在路途中，季札失去了自己的大儿子。

他做出了一个非常痛苦的决定：就地埋葬。就这样，位于嬴博之间的山东省莱芜口镇垂杨村，见证了两位大儒的见面。

《礼记·檀弓下》记载了当时的情景：“孔子曰：延陵季子，吴之习礼者也。往而观其葬焉……”因为素闻江南大儒季札是吴国最知礼数的人，所以孔子要前往观看葬礼。

他们开挖的墓穴很深，但深不致地下的泉水冒出。下葬的时候，死者没有换华丽的服装，只穿平常服装。灵柩放下掩埋，大小恰好掩住墓穴，封土仅及半身，人俯身就可以摸到。送葬者褪下左袖，从右边环绕墓茔三圈，边走边哀号：骨肉回归大地，这是命运，但魂魄没有到不了的地方。说完后，季子就离开了。

历史隐在了时光深处，我们已经无从知晓季札是如何忍住悲痛绕土堆而行走的，也无从知道当他大声喊出“魂归尘埃”时，他的内心是何等的苍凉和无奈。或者，他已经参透了生命的意义？为什么在白发人送走黑发人后，他能够淡定地转身离开？

整个葬仪既简朴又隆重，完全符合周礼，在旁边观看的孔子忍不住盛赞：“延陵季子之于礼，其合矣。”

及至孔子在他后来的岁月中痛失爱子爱徒的时候，似乎都没有那样淡定。孔子 70 岁的时候儿子孔鲤死、71 岁的时候颜回死、72 岁的时候子路死，孔子很悲痛，“恸哭”并“哭于中庭”。

圣人的恸哭，让我们看到的是“圣”背后真情袒露的人性。

四

关于孔子与季札的交往似乎就仅此一次。但是在孔子老年的时候，曾经发生过这样一件很有意味的故事：

孔子与他最喜爱的门生颜回一起登上泰山，师徒两人站于峰顶，朝东南方向极目远眺，孔子竟然看见了千里之外的苏州城阊门外拴着一匹白马。孔子指着远方问道：“你看见吴地的阊门吗？”颜回说：“看到了。”孔子又问：“那阊门外有什么东西呢？”颜回凝神又看了一阵，说：“有一匹白练，白练前有生蓝。”孔子抚摸了一下颜回的眼睛，说：“这哪里是什么白练和生蓝呀！这明明是白马和马吃的草呀！”

每每读到这里，我就会想起孔子，站在天之下、山之上的孔子。

孔子站在泰山上看到了什么？

望吴？他望见的仅仅是吴国的首都吗？那个时候，隐居在常州的季札应该还健在。

还有那匹白马，究竟象征着什么？

孔子“登泰山而小天下”，不像颜回只看到局部，他看到了事物的全貌和本质。孔子将世界尽收眼底，不是因为山高让视野开阔了，而是因为他的胸襟打开了。他用的是诗人的天目，更是哲人的博大情思。

五

“季札三让”体现了中国古人宽厚、诚信、礼让、睿智的美德。但是，这样的做法并没有感化吴国的国君，他们照样穷兵黩武。季札的三个国王哥哥中两个都是横死，侄子吴王阖闾是战死，侄孙吴王夫差更是战败自杀并灭国的。同样，孔子周游列国14年，也没能阻止任何一场战争。但是，他们留下的精神财富，关于仁、义、礼、智、信的思考和身体力行的做法，最后都融入了我们传统文化的基因中。

历史的传说给我们留下的是一个美好的结尾。《上博楚简》中记载，孔子在赞叹季札让国时，连声夸赞说：“延陵季子，其天民也乎？”

据说，在季札去世之后，孔子为他写下了碑铭“呜呼有吴延陵君子之墓”这10个古篆。但历经千年，今碑之字已不知其真伪。许多史学家考证过：孔子从未到过吴越之地。那又如何能为季札题写墓碑呢？其实千百年来，这只是人们心中的一个想法而已，不过是假孔子之名，书写了人们心中的一个梦。

有梦的民族，是长久的……

不肯死去的蝴蝶

……飞临这座山，找到另一半，这个使命让我无所畏惧。花的吸引还是其次。我抓住秋天最后的机会，打开嗅觉的探寻器，找到一只雄壮的蝴蝶，交尾，然后在一片叶子的背面产下圆形的卵。我还没有死的念头，只是毫无目的地飞了好久，然后被一阵风裹挟着，闯入了这个黑黑的门洞……这里没有落叶，我只能伏在亮亮的玻璃上休息一会儿……

十一月的北方，冬天早已光临。落叶似飞舞的蝴蝶，在风起的时刻，翩翩飞动。我和儿子外出归来，在走廊里的窗玻璃上发现了一只蝴蝶。它蜷缩在窗户一角，身上灰突突的，不仔细看，还真看不到它。眼尖的儿子发现了它。

“我们捉回去吧，不然它会冻死的。”儿子以为它是冻得瑟瑟发抖。虽然最低气温已经 0℃，但我知道它的抖动不是因为寒冷，而是飞翔的心愿在翅膀上的呈现。

我小心地捉住它，带回了客厅，随手把它放在了玻璃窗上，这样它就可以俯瞰外面寒风中的风景了。温暖的空调房里，它可以过得很好。

……突然进入到这样一个温暖、湿润的地方，好像一下子回到了从前。我刚刚从一只卵中钻出来，变成一条毛毛虫……我不停地蜕皮，蜕皮，直到长大破茧，化蝶而出……我好像做了一个冰冷的梦，在梦中被一双温暖的手捧回了春天。时光仿佛正在倒转回去，曾经经历过的一切正在轮回而来……

忙碌的生活就像沙滩上的细沙，总是被浪潮抹平痕迹。我很快忘记了自己做过的种种小事。一周后的一天，我在书房的电脑旁，又发现了这只蝴蝶，它还活着！蝴蝶不时地扇动一下翅膀，好像在提醒人们关注它的存在。我不知道它是如何沿着楼梯，从楼下的客厅飞到楼上的书房的。惊奇之余，我挥笔为它写下了一首小诗：

一只躲避冬天的蝴蝶
误打误撞
闯进我温暖的家

它伏在玻璃上
看着外面的菊花
一瓣瓣落尽

时间摇动手柄
蝴蝶慢慢变成了一朵
彩色的窗花

——《蝴蝶》

在诗中，我甚至预见到了它的死亡。说实在的，在这个寒冷的冬天能够多活一周，已经是它的造化了，最后变成窗花也是一个不错的结局。我录下一段视频后，将它带回到楼下的客厅。这里绿色植物很多，我凭着直觉认为，蝴蝶一定是喜欢植物的。

……这不是一个花园。里面的植物很多，足够我吸取汁液。花才刚刚生出苞芽，我还要耐心等待，才能看到花开，吃到花粉。我早就习惯等待，我的骨子里面有着趋光的念头，每一次冲向巨大的窗子，总是会遇到玻璃的阻挡，看似通透，却紧紧禁锢着行动……

也许只是一个无意的举动，生命却带给你意想不到的奇迹。2019 年的新年到了，姐姐来我家过元旦。她突然惊呼起来："天哪！家里有一只蝴蝶，还在飞呢！"

外面是零下 10℃的严寒，42 天前的一次善意之举，竟让这只蝴蝶活到了现在！只是它的翅膀掉了一侧，变成了单翼天使，仅存的一个翅膀也是伤痕累累，不知道它经历了怎样惨烈的事件。我小心翼翼地把它放到盛开的蟹爪兰花上，开足空调，拍下了最美的瞬间。在我看来，这样顽强的生命，必须要用最鲜艳最美丽的花儿，才可以配得上！

古人素有听虫鸣的习惯，蝈蝈、蟋蟀、纺织娘等昆虫都是他们的首选。每年秋末，他们将昆虫装进葫芦，揣进怀里，一边听着虫鸣，一边掩饰生命自带的各种疼痛。这种延长生命歌唱的企图，正体现出古人对生命易逝的一种留恋。

我没有禁锢这只蝴蝶，而是给了它一大屋子的空间和一大片绿植与鲜花，我只是想让它避开严寒，尽可能地多活一段时间。蝴蝶的翅膀是在窗玻璃上撞断的。也许室内的自由不是它想要的，它更向往外面的阳光，虽然外面会有生命之虞……自由和活着比较起来，它显然选择了前者。这也许是人与蝴蝶的不同之处，不知道谁的想法更人道一些。

我们不了解蝴蝶，如同蝴蝶不了解我们一样，在各自的世界里，我们无法真正相知。人往往过于自负，认为自己无所不能，不光对别的物种这样，对我们自己也不例外。

……我们蝴蝶家族的寿命是不一样的，从十几天到 200 天的都有。对一只蝶来说，最重要的事情莫过于交尾和产卵了。给我机会多活几天，不如给我机会多交配几次……我们活在子孙的命中……

新年过后的第五天，这只创造了生命奇迹的折翼天使，终于倒在了花下。这个冬天，它比它的同类多活了 47 天。

在北方，蝴蝶不是以成虫越冬的，他们有的以老熟幼虫的形式在砖瓦、石砾中越冬，有的以蛹的形式悬挂在树枝、墙角处越冬。一般蝴蝶成虫交配产卵后会在冬季到来之前死亡。目前，我国蝴蝶种类已达到 2000 余种，只有少部分会迁徙到南方过冬。我见过迁徙的候鸟，但是从未见过迁徙的蝴蝶群。蝴蝶越冬的最佳地点是美洲的墨西哥和中国的云南——难道这只蝴蝶原本是要飞到南美洲的？

思来想去，我把这只蝴蝶埋进了花盆。其实它不是死了，只是换了一种形式活着——产下的卵春天时分将诞生新的生命，并最终变成蝴蝶，这是蝴蝶物种的生命延续；泥土中的蝴蝶将会在鲜艳的花朵中复活，这是精神蝴蝶的重生……

我非常大胆地说，蝴蝶是属于中国的，它是中国文化中不可或缺的重要象征。我们从梁祝化蝶的凄美爱情故事中，体会到了关于爱与现实的最浪漫的超脱，这种唯美与凄凉打动了一代又一代的中国人。再往前追溯到 2500 年前，在那个大思想家云集的年代，梦蝶的庄子用一只蝴蝶打通了真实与幻觉、生与死的界限，解决了人们的一个困惑，死亡也许是一种对肉体和现实束缚的解脱。

就像所有的文章都有一个结尾一样，好奇心促使我去做了一件久久不能释怀的事情。我费尽心机，反复比对，终于确定了这只死去的蝴蝶叫大红蛱蝶，“大红蛱蝶的幼虫吐丝卷叶，食害幼苗嫩叶，破坏生长点或卷食叶片，致植株生长缓慢，严重的全田麻叶被包卷，呈现一片白色，植株枯死”。资料中提供了多种防治办法：一是用农业防治网捕成虫，集中消灭；二是用农药杀虫，比如乙敌粉、杀螟松粉剂、敌百虫、辛硫磷粉剂等……

原来我是与教科书为敌，千方百计地救助了一只该杀的害虫。想到这里不禁悚然。

更令人震撼的事实是这样的：蝴蝶家族归类为鳞翅目，从白垩纪时期就随着显花植物演进，并为之授粉，迄今已有 1.45 亿年。人类是由古猿中的一支进化而来的，而古猿是在 3000 多万年前才第一次出现在地球上……从这个意义上说，蝴蝶才是地球上更古老的原居民。

这只不肯死去的蝴蝶，用自己的不死告诉我们它存在的理由；同时，又用自己的死，成全了人类的自大与无知、贪婪与残忍。

一个人的泰山

泰山是属于一个人的。这话听起来未免有些离谱。但是，正像每个人都有自己不可言说的秘密一样，一座山属于一个人，也一定有不为人知的原因。

比如说，仓颉造字的时候，就专门为泰山造了一个“岱”字。《说文解字》中写道：“岱，太山也。从山，代声。”然后又更详细地解释说：岱，就是泰山的别称，也叫“岱宗”“岱岳”。于是霸气的泰山就有了自己专属的字，这个字形象地表达了泰山伟岸雄浑的气势。

我们没有见过仓颉，但是他用心造出的这个字，乘着历史的小舟划过文化的长河顺流而下，早已闻名遐迩了。传说中的72位贤帝前来泰山封禅的故事，就是其中的华彩乐章。管仲曰：“古者封泰山禅梁父者七十二家，而夷吾所记者十有二焉，昔无怀氏封泰山，禅云云；虙羲封泰山，禅云云；神农封泰山，禅云云；炎帝封泰山，禅云云；黄帝封泰山，禅亭亭；颛顼封泰山，禅云云；帝喾封泰山，禅云云；尧封泰山，禅云云；舜封泰山，禅云云；禹封泰山，禅会稽；汤封泰山，禅云云；

周成王封泰山，禅社首：皆受命然后得封禅。”

这一个个名字如雷贯耳的先贤们，在山顶聚土筑起圆形的凸台以祭天帝，在山脚下的小山上积土筑起方坛以祭地神……数千年延续下来，泰山就成了一座帝王之山。“泰山安则天下安”，泰山成为一种不可言说的国运稳定的象征之地。

然而我的主人公与帝王将相没有任何关系，我要讲的是泰山下一个平凡人的故事，他与我的生命息息相关。

1948年的秋天，一群意气风发、神采飞扬的小伙子，背着铺盖卷从泰山脚下走出，他们平均年龄只有18岁，是一群懵懵懂懂的年轻人。他们有的姓贾，有的姓夏，有的姓许，在刚刚解放的泰安城，他们是一群有文化的青年。他们打破了好男不当兵的传统惯例，成群结队地走向了中国人民解放军某医护学校，在经过了短短半年的速成学习之后，成为医生。他们随着浩浩荡荡的南下大军，登上了开往南方的铁皮列车。

69年后的今天，当我写这篇回忆文章的时候，这伙人已经全部离开我们去了天堂。不过，即使他们现在仍然健在，我也不会把他们一一认出，我只是对其中的一位特别熟悉。他给自己起的字号里面有一个“岱”字，那是他南下的时候，从故乡大山上扯下的一枚文字，他把它别在了胸前。我是后来从他抽屉里的一块石头印章上读到的，上面的名字是“岱峰”。

虽然那时候距离我的出生还有16年时间，但是他已经命中注定将会成为我的父亲。

他走过四川、重庆、湖北，最后落脚在了湖南省湘潭市，那里有一座苏联援建的兵工厂。如果不出意外，他会像很多人一样，在诗情画意、烟雨朦胧的南方成家立业、娶妻生子。可是他没有。离家之际他就定下了婚约，那时候我19岁的年轻母亲正在距离泰山10里的地方，一个叫“十里河”的小村庄，等待着父亲的花轿，等待着时光的流动和我们这群儿女的出生。

人生就是这样奇妙，不管走了千里万里，泰山只用一枚文字，就牵住了游子的心。

从 1948 年离开泰安，到 1969 年底由湖南返回山东，父亲在南方一共生活了 21 年。他在南方的烟雨里度过了自己完整的青年时代。时光的尘埃已经淹没了往昔的一切，我不知道当初喜欢打篮球、跳舞、写诗且热爱生活的医生父亲，是如何的潇洒与风流倜傥。那时候我还没有出生，即使后来我长到了 4 岁，也实在记不得那时的一切了，父亲的青年时代在我脑海里是一片空白。

成年后，我在父亲的一个陈旧的硬壳日记本中，读到了他当年写下的一首小诗：

> 四川人说，四川有座峨眉山，离天只有三尺三
> 湖北人说，湖北有座黄鹤楼，楼顶还在天里头

30 岁的父亲激情满怀，1960 年元旦的阳光在他脸上映照出迷人的光彩。父亲奋笔疾书：

> 我又何尝不爱自己的故乡呢？
> 富饶的土地　雄伟的泰山
> 苍松翠柏　万紫千红
> 黄鹤楼怎及唐槐汉柏
> 返老还童　延绵千年
> 峨眉怎能与五岳之尊相比
> 喷云吐雾　瞬息万变
> 日观峰　观日出

涉洋过海前来观瞻……

泰山成了父亲心中的砝码，放上去，能翘起所有的思念。在时光的某个节点上，这架天平倾斜了。一种不可抑制的思念，让人到中年的父亲做出了一个令所有人不解的决定：回故乡去！回故乡去！

正是基于这样一种信念，独身南下的父亲终于历经艰难，携妻带子一家 5 口，千里迢迢从湖南省调回了山东省的一家兵工厂。尽管兵工厂坐落在沂蒙山，但是在父亲的心中，离故乡泰山又近了一步。

我在湖南出生并长到了 4 岁，跟父亲回到山东老家，并在距离故乡 300 里之外的大山里长大成人，直到 23 岁，我学成毕业，才真正回到泰安小城，回到了泰山的怀抱。

其间，我每年都会跟随父亲回故乡走亲访友，但每次都是来去匆匆。故乡的样子是模糊的，唯有泰山的模样是高大的、需要仰视的。但是，当我真正踏上故乡的土地，真正回归了泰山，却感觉到了一种从未有过的亲近。我想，泰山一定是沿着父亲的血脉抄近路走来的，在母亲的童谣里，在一直未曾改变的乡音里，泰山的根须一直生长着，它不是飘在空中，而是以不可预见的姿态，渗透进我的经络。

泰山于我有了更多实际的意义：我在泰山下安营扎寨，成家立业，娶妻生子，陪伴年迈的父母颐养天年。老父亲经常拄着拐杖，推开我家朝北的窗户，与泰山十八盘遥遥对视。

在繁忙的工作之余，我会偶尔动一下念头，想和父亲好好谈谈，想为他这样一个平凡的小人物写一部传记。我总以为自己有的是时间，有的是机会，我计划抽出一段长长的时间，和父亲好好聊聊。然而一次不期而至的脑血栓让父亲倒了下去，在 ICU 病房待了 13 天后，年迈的他和魔鬼达成了共识，以放弃语言和肢体的活动能力换回了残缺的生命，在躺了两年之后，父亲带着一生的秘密离去……

平淡无奇的安定日子离我而去，生命中不可预知的灾难接踵而至……

直到有一天，泰山埋葬了我夭折的子嗣，埋葬了我年迈的父母，我与泰山一下子就有了血脉联系。那里有我的血、我的肉、我的骨，我一下子就成了这座山的一部分，成为那里的一捧土、一粒尘埃。

埋葬着我的祖先，也埋葬着我的父母的泰山，终将埋葬我的骨灰。泰山从未如此具体地和一个普通生命亲近。这是我父亲的秘密，也是我个人的秘密，生命中的种种预言全都写在里面……

9 年前，不惑之年的我，像当年出走的父亲一样离开泰山来到泉城。仿佛这样的出走正好测试泰山在我生命中的分量。离开之后才发现，泰山离我却越来越近了！

我是空着两手离开故乡的，像父亲一样，我也只带走了一个名字。当你打开电脑，在网络中碰巧遇见“天下第一山下”这个称谓时，不要诧异它的怪诞，它其实是别在游子身上的一枚泰山的标志。

每周周末，我都要开车穿越泰山，回到故乡泰安；周一一早，再穿过泰山回到泉城。在这条不足 70 公里的山道上，我从山南到山北已经走了 400 多个来回。与泰山有着别样情怀的我，对泰山的了解，已深入骨髓。

见惯了夜色苍茫和晨曦初照，泰山终究成为我一个人的山。

月亮弹孔

在古典诗歌里，月亮作为美丽的符号，无数次出现在诗人的笔下，中国月亮承载着太多中国人的情感。

然而，2008年农历十一月十五的这枚圆月，犹如一枚流弹击中我的胸膛，成为我生命中难以磨灭的伤痛原点——80岁的老母亲在这一天出走，消失在月亮微弱的光芒里……

其后的3年里，我不曾写下一个与母亲有关的文字。哀伤无法用笔墨书写，伤痛只在血液里流动。我的眼里没有了泪水，仿佛泪水在那一夜已经流尽……

圣人说“父母在，不远游”，年逾古稀的老母亲让我时时牵挂和担心，两个手机更是24小时开机，丝毫不敢怠慢。我就像一个等待被征召的犯人，随时等待命运的裁决。

2000年的春节，正在东北岳父家过年的我，突然接到了姐姐的电话，告诉我母亲查出了乳腺癌。这个消息如同晴天霹雳，使我愣在那里不知所措。我知道这是命运点中了我的母亲，我必须赶回去，陪在羸弱的老母亲身边。顾不得多想，我连夜赶火车，一路站着回到了山东老家。

一定是上苍眷顾这位善良的老人，乳房切除手术进行得非常成功。诚如医生所预料的那样，由于年事已高，身体的活动机能已经大大减缓，手术后经过几次简单的化疗，老母亲就出院了，从此再也没有出现过什么不适。命运真是一种不可思议的东西。癌症，这种让人谈之色变的绝症，本想降服年老体衰的母亲，可哪里知道，年老体衰却成了母亲抵抗命运的工具，她用柔软的生命力，接下了这残酷的一刀。

那曾经哺育过我的温暖粮仓消失了……岁月在她瘦弱的身体上，又添一处伤疤。“反正不用喂奶了，切了就切了吧！”母亲一如既往地豁达和坚强，语气中还透出一丝调侃。

母亲的一生，总是与伤痛连在一起。她的第一处伤疤就是我们带来的，我和姐姐的出生，曾经给母亲带来最大的欢喜和创伤。

我是母亲最小的儿子。35岁那一年，坚强的母亲生下了我和姐姐。当母亲拖着笨重的身子去医院检查时，她奇怪地问医生：你们医院什么时候换了天花板？

医生说，我们没有换啊！

那你们的天花板怎么成了天蓝色的？

医生马上让护士量血压，收缩压200mmHg！高龄孕妇、高血压、双胞胎，母亲居然还去上班。医生吓坏了，立刻安排母亲住院，医院主管业务的副院长亲自给母亲做了剖宫产手术。在20世纪60年代，这是一台需要好几个小时的大手术。

冒着生命危险生下了一双儿女，是母亲此生最大的成就。我们的生命是以她的伤痛为代价的，爱和伤，就这样不可避免地交织在了一起……

母亲的第三道伤疤，源于一场偶然的伤病。

一向身体很好的母亲突然胃痛，去厂医院检查时，医生怀疑胃有问题，建议换个大医院深入检查。母亲怕麻烦，忍痛悄悄回了家。我们都知道，如果不是疼痛难忍，母亲轻易不会去医院的，一定是有什么危机潜伏着。最后，母亲被家人强行带着去了医院，一检查，结果是胃穿孔！医生在给母亲做手术的时候，看着她身上的累累伤疤感慨万分：这老太太，真了不起！

锋利无情的岁月总是划伤母亲，三道伤疤，只是岁月留给母亲的三次考验。母亲对抗打击的最好方法就是：忍受！她用柔弱之躯，承受着不可预知的痛楚，生命在她身上总是显现出最柔软、最坚韧的光芒……

母亲已经离开我们快 10 年了，当我写下这些文字的时候，仍然会心痛到无法呼吸。那个时候我正值中年，忙于事业和家庭，很少深入到母亲的内心，也并不知道她当时是如何忍受痛苦的。每每想到这里，我的内心都会多出几分痛和悔恨，那是一个儿子发自内心的深深愧疚。

爱，是母亲留给我们的最好遗产。她的爱就像蚌壳里的珍珠，照亮了我们幽暗的内心。

母亲 10 多岁的时候就失去了妈妈，为了生计，她从小就给做小买卖的舅舅拉独轮车，每天要走几十里路。生活没有钟爱过她，但她从不绝望，即使在生命中最黑暗的时刻，也绝不低头。正是这样的生活阅历，使得母亲成了一个心中充满大爱的人。

母亲嫁入夏家的时候，正赶上解放泰安的拉锯战。堂姐的妈妈被飞机炸死了，5 岁的堂姐奶声奶气地唱："小白菜呀，地里黄呀，两三岁呀，死了娘呀……"母亲就泪汪汪地把堂姐搂在怀里——以至于 60 多年后，大姐每每提起当年的情形，都还记得母亲像亲娘一样疼她……

海中捞月，火中取栗，能够把平常的日子过得不平凡，是母亲的生存艺术。20 世纪 70 年代，家里生活拮据，定量供应的粮食远远不够，母亲就冒着被没收的危险，偷偷去赶集，买来粗粮蒸地瓜面窝头、烀玉米饼子，还不忘记在里面加一点糖精或豆面，让苦涩的日子带一点甜味香味。母亲每周只买一块钱的肉，肥肉切出来炼猪油，瘦肉煸好放起来炒一个星期的菜，周末的时候还要用猪油渣包一顿饺子……我至今记得母亲做的葱花油饼，外焦里嫩，全仰仗那一点点的葱花调剂出视觉和味觉的美来。母亲用她的爱，虚幻着我们贫穷的生活，把单调枯燥的日子过得有滋有味。

母亲早年的时候爱开荒种菜，吃不了的菜就送给左邻右舍。后来住了楼房，就改种花种树。母亲一生最爱花，我家一楼院子种满了鲜花。花并不名贵，甚至可以说很普通，但是在母亲手中，鲜花次第开放，闪动着卑微却又高贵的色泽，一年四季绵绵不断……

母亲不识字，只上过几天识字班，却会给我们讲牛郎织女、梁山伯与祝英台。我能够提笔写作，一定是继承了母亲基因里的文采。她开朗直率，骨子里透着豁达和浪漫，即使到了老年，依然爱哼唱识字班里学来的小曲："扭呀扭呀扭呀扭，一扭扭到了十八九，十八九呀没婆家，俺要跟着个同志走……"我们从她那里不仅学会了生活的技能，更多的是她那种对待生命的达观。

早在 60 岁的时候，母亲就为自己和父亲做好了全套的寿衣，并且不厌其烦地叮嘱我们，衣服放在哪里，被子放在哪里，百年之后要怎样怎样穿。可是在她最后的日子，当我打开她 20 年前准备好的包裹时，却看到了令我心酸的一幕——一生节俭的母亲为自己准备了寒酸的寿衣和薄被，她的寿衣衬里就是自己的睡衣……我不忍心让她这样清苦，亲自去寿衣店为她挑选了全套的中式衣服和铺盖……

2008 年农历十一月十五，老母亲走到了生命的最后时刻。家里所有人都闻讯赶来，围坐在她的床前。80 岁的老母亲安静地躺在自己的床上，像一支蜡烛，火焰慢慢地小了下去，下午 4 点钟，最后一滴蜡油燃尽，母亲随一缕青烟升上了浩渺的太空……

在那个格外寒冷的冬天，我和朋友在泰山东麓的一座小山上转了半天，只为选择一个合适的地方，为劳累了一辈子的母亲和父亲，寻找一个新家。

这里地势高远，视野开阔，岚气袅袅上升，田野呈现出勃勃生机。泰山主峰在远远的地方站立着，好像一个高大挺拔的影子。

母亲只是一个普通的家庭妇女，但是她的墓碑却和泰山遥遥相对，正如她在我们心里不可替代的崇高位置。

母亲一生随父亲漂流过许多地方，四川、湖南、山东的沂蒙山，年老的时候才回到故乡泰安。可是不管在哪里，父母在的地方就是我们的家。母亲离开后，我一时不能适应，认为自己是一个失去了家的弃子。直到春节将至，姐姐及孩子们打电话，相约到我家里来过年，我才蓦然感觉到：原来我就是孩子们的依靠，我这里就是孩子们的家！

每一年春节，我们相聚在一起，就像当年我们聚在母亲身边一样，做上满桌子的菜，斟上满杯子的酒，孩子们围在我们身边说着祝福的话，就像我们当年围在父母的身边……

又是一年的农历十一月十五，天慢慢黑了下去，圆圆的月亮升起来了。悲伤渐渐离开了我，月光般的柔情铺满天地，仿佛母亲在用最简约的神迹启示我，教我学会面对，学会坚持……我突然发现，满月不再是弹孔，它渐渐恢复成了月亮的模样。

母亲没有走远，她只不过变换了一个地点，隐身圆月之中，一直俯视着我们……

在时光的水中

泰山南麓的大汶河，是一条人们并不陌生的河流，闻名天下的大汶口文化遗址，就坐落在这条河的中游。在新石器时代，人类就活动在这河畔，那些出土的石斧、石锛、石凿和磨制的骨器上，留下了祖先劳作的痕迹和汗迹，因了这些人的痕迹而成为极具“价值”的文物。

大汶河两岸盛产一种俗称“燕子石”的奇石——石头上有无数的春燕穿柳，姿态万千，故名“燕子石”。其实它是距今5亿年至3亿年前，盘踞地球达3亿年之久的三叶虫的遗体形成的化石。

令人惊奇的是，在时间的河流中，这些死去数亿年的三叶虫居然复活了——在人们发现它们的那一刻！它们以飞翔的姿态出现在人们面前，或者，压根就没有死，它们只不过潜伏在时光深处，默默等待着苏醒的这一天。

所有的生命都是不可替代的，都会在时光中留下痕迹，渺小如这微不足道的三叶虫，概莫能外。只不过时光的尘埃遮蔽了太多的生命，我们无法确认，在时间向度上，是怎样的力量让存在的东西消失，又让这些消失的东西依然存在。

据科学研究，目前泰山上最“年轻”的岩石距今也有16.2亿年；而在泰山极顶的玉皇顶，岩石距今已经有30亿年。这些古老的岩石，是成就古老泰山的物质基础。然而人们也许想不到，泰山依然年轻着，依然以每百年10厘米的速度在增长着。

在长与短、古老与年轻之间，我们找不到临界点。我们只是站在河中，被裹挟着身不由己地被动前行。

距离泰山90公里的曲阜市，是孔子成长的地方，他的儒家思想，2500年来成为中华文明的一座独尊的精神泰山。虽然时间已经湮灭了尊孔与反孔、反孔与尊孔的是是非非，但是他留下的精神，却仿佛水流一样，柔软却又绵长，从未间断。

一种非物质的意志存在，最后以物质的形态进入了中国人的基因。

在《时间简史》中，史蒂芬·霍金曾用了这样一种表达：“空间和时间是一个整体，有空间的地方就有时间，有时间的地方就有空间。那么宇宙在膨胀，时间就在延续，宇宙一旦停止膨胀，时间也就停止。那就是世界末日。时间和空间只能是一个整体，它们之间的夹角只能是零。因为它们在大爆炸之前交于奇点，所以它们不可能平行。时间和空间是一个整体意味着它们不可能单独存在。这样，接着我必然得说，空间和时间是连续的，那么它们有速度吗？因为空间膨胀有速度，所以时间也必然有速度，即空间膨胀的速度等于时间的速度。”

这是伟大科学家关于时间的想象和解释。而时间在诗人的眼中同样具有神性。

诗人所有的工作，都在切割生活，打造一个时间剖面，如同老式收录机一样留住时光。诗人像怀孕的少妇、蛰伏的三叶虫和石斧石锛上留存的汗水，他们留下文字，期待着未来……

诗人表达了他在时间流程中的感悟，因此他笔下的文字就有了强烈的感染力。他小心翼翼地将选择过的生活带入诗歌，那些以大自然为主题，那些充满着爱的文字，关注着人类心灵的成长和成熟，关注着生命的终极。这样的文字也因此具有了超越自我的神性。

水是这个世界上最单纯最复杂的物质之一。

你看得到，在成千上万年的岁月中，一滴一滴的水，从高处滴下，然后在低处慢慢隆起一个奇迹。这个过程是如此漫长，你不知道，我不知道，水也不知道，这种隆起是偶然加上必然的，不知不觉中，时间缓慢地伸出锋利，切割了焦躁，留下了恒久。这种缓慢是一种运动，朝着时光的正向，不间断地动着，把感觉中每分每秒拉长，再拉长，在舒缓的进程中完成。或者压根就没有结果——这个过程却从不停歇……

还有一种水，在巨大的压力下，会产生无比的锋利，它天马行空，桀骜不驯，以无比的速度和力量，在一切有形的物体上剥开痕纹……这是水的另一面。

突然就想起了旧时光。

小时候学过很多无用的技艺：下象棋、吹笛子、打乒乓球、练羽毛球……在我 17 岁踏入社会的那一天，我学会的第一门技艺就是摄影。我攒了 6 个月的工资，买回了一台海鸥牌 120 型照相机，开始了摄影。这完全是一种无用的技艺，当我操着这台笨重的相机去面对花花绿绿的世界时，内心感觉到了一种无比的富足……

写诗是一门无用的技艺，好像是屠龙之技。因为写诗，总是爱把目光投向天空，看星空，看夕阳，看风车一样转动的春夏秋冬。日子久了，就养成了习惯，对世间的一切挚爱着。这也无所谓好坏。

时光之水流着，刀锋一样划过，呈现在面前的是一个生存的断面。这上面或者有想象中的永恒，或者，压根就是一片看不到边的虚幻。

一切交给时间。

四片叶上的泰山

经常有外地的朋友问我：泰山离泰安市有多远？这话绝对不是空穴来风，都知道黄山市距离黄山有 100 多里路，在他们的想象中，泰山距泰安市也会有相当的距离。然而他们不知道的是：泰山与泰安市其实是山城一体，因为有了泰山，才有了“重于泰山”“稳如泰山”的中华文化，才有了“泰山安则天下安”的泰安城。

由此看来，泰山是以其雄浑和稳重在人们心中留下了深刻的记忆。所以，当我写下“四片叶上的泰山”这个题目时，似乎有点冒天下之大不韪了。

可是，这确实是一个独特的故事，主人公是一个地道的泰山农民。

许多年前，生活在泰山东麓范家庄的张玉清，从朋友那里看到过一本奇书，书名叫作《泰山药物志》。据说当时这本书存世的只有两本：一本是朋友手里的这本；还有一本则完整地保存在岱庙博物馆里。

《泰山药物志》是近代泰山名医高宗岳编纂的，也是五岳中最早出现的一本药物志。据书中记载：泰山有四大名药，分别是泰山何首乌、四叶参、黄精、紫草。高宗岳在写此书时，就把泰山四叶参放进了《古有而今无之特产》一章中，也就是说，在1939年这本书写成之前，四叶参就已经在泰山上不见了踪影。

这一下子就引起了张玉清的好奇。张玉清在当地算个奇人，他在生产队做过10年会计，练成了双手打算盘的绝招；后来做生产队长的时候，他领导的第五生产队在全乡最先分田到户，不光分田，连山地、果树和牲口也全部分掉，当年就解决了吃不饱的问题，自己家种的地瓜就收获了9000斤，是过去5年产量的总和。

1985年，张玉清37岁，即将步入不惑之年的他做了一个大胆的决定：寻找泰山四大名药，靠山吃山、靠水吃水，走一条与众不同的发家致富路。

与名医高宗岳相同的是，他们都是有梦的人，都为了自己的梦想而努力；同高宗岳不同的是，张玉清原本就是一个山民，初中尚未毕业就一头扎进了山里，为了生存开始长达几十年的摸爬滚打。在寻找四大名药的过程中，他几乎跑遍了泰山的山山水水。

许多奇异的现象在寻找过程中不断显现。一天早上，他和伙伴进山寻找四叶参，突然，一片又一片的石头从身后飞来，几乎是擦着耳根子飞过。回头看去，却什么东西都没有，只听见河对面的深谷里传来一阵又一阵风的低吼……

还有一次，他带着侄子进山找参，突然闻到一股奇异的香味。侄子惊奇地问道：叔，怎么这么香啊？谁在这荒山僻岭做饭啊？嘘——，张玉清用手做了一个禁止发声的手势：这就是传说中的仙家请客呢！我们快走吧……

泰山是神秘的，泰山四叶参也是神秘的。这更坚定了张玉清寻找的决心和信心。时间到了2000年，泰安电视台要拍一个山东各地的专题，其中一个选题就是拍摄泰山四大名药。几经辗转，摄制组找到了张玉清。

虽然这些年他从泰山上找到了何首乌、黄精、紫草并进行了大规模的养殖和开发，但是泰山四叶参失踪了近百年，至今没有找到。四大名药三缺一，这电视没法拍啊！

换一个思路也许就能成就一件事情。张玉清突然灵光一现，他把四叶参的图片复印好，发给了远在威海昆嵛山的一个朋友，请他在当地寻找。他记得药典上曾经说过，四叶参泰山有，崂山有，昆嵛山也有。

四叶参又名奶参、羊乳、山海螺、白蟒肉、狗头参、乳头薯、乳薯，生于山坡、林丛、河谷两岸等较阴湿的地方。昆嵛山森林覆盖率高达92%，是全球同纬度生物最丰富的地区之一。不久即传来消息，在昆嵛山的一个支脉礌山上，发现了“疑似四叶参”。此时正是2000年的8月下旬，听到这个消息后，张玉清立刻启程，赶赴威海与朋友会合。电视台的记者也闻风而动，全程跟踪拍摄。

他们扎着袖口和裤腿，用树枝抽打着野草，在毒蛇出没的山中终于找到了第一株正在开花的四叶参。

张玉清的眼泪一下子就流了出来。15年的寻找，终于梦想成真！2000年8月27日，从此印在了张玉清的心上。这一天他们一共找到8株四叶参。够了，足够了！一个庄严的想法从他脑海里形成：我要接四叶参回家！

一个半月后，张玉清再次来到礌山，采集到一把成熟了的四叶参的种子，并把这8株四叶参挪回泰山。

原本是要靠四大名药发家致富的张玉清，这时做了一个让别人始料不及的决定：他要每年的3月都到泰山上义播，让已经人工驯化了的四大名药重返泰山，回归自然。

2001年的3月20日，气温还在零度上下徘徊。为了打破种子的休眠，他带着乡亲，冒着严寒出现在泰山的背阴处。义播的过程既神秘又隆重。说隆重，是因为他们在做一件别人从未做过的事情，他们要让失踪近百年的四叶参回到泰山。说神秘，是因为种子来之不易，不能让别人轻易看到，他怕贪婪的念头会毁掉这些幼小的苗苗。张玉清让同去的伙伴只管种植黄精和紫草，他自己亲自播种四叶参。以至于几年之后，侄子还恳求他：叔，找时间带俺们看看咱种的四叶参，也不知长啥样了。

2005年3月23日一大早，一架直升机停在了泰安长城路的停机坪，准备进行声势浩大的飞机义播。张玉清登上飞机，将100万粒泰山四大名药的种子播撒在泰山人迹罕至的地方……

我与张玉清的缘分一直没有断过。7月的一天，我为了采访而再次坐在他的紫藤庄园时，问了一句：老大哥，你现在有庄园、有公司，还有那么多的农民种植户，你说你还是个农民吗?

张玉清笑了：当然是了！不过我是一个没上过学的、40后的泰山新型农民！他在强调自己新农民身份的同时，没有忘记泰山，还顺便调侃了一下自己的年龄。

这是一个关于寻找的故事。我对面的张玉清不仅找回了泰山四叶参，更找到了泰山农民的根……

四片叶子托起的泰山，此时竟是如此之高远，它不再是一座物质的山，而成为一种精神的向度……

第二辑　童年的一场花事

童年的美丽，总是与一些美好的记忆联系在一起。

寻找铁门关

一

寻找汀罗的过程，其实就是按下时间的回放键，退回到那个铁门关的时空里。

我一直相信，人和人的相遇其实早就注定了。就像800年前，那座叫铁门关的城池，从诞生的那一天起，就等待我的到来，只不过我晚生了800年。这个“寻找最美乡村”的文学采风活动，像一根红线，拴住了我的脚腕，牵引我走向汀罗的铁门关，来赴这场前世之约。

水是人类生存最基本的条件，人类自诞生的那一天，就学会了逐水而居。每一条流动的大河边上，都诞生出了人类文明的曙光。可以说，文明就是一朵莲花，而河就是那滋养了文明的茎、叶、生命之根源。放眼世界，诞生于幼发拉底河和底格里斯河的两河文明，诞生于尼罗河流域的古埃及，诞生于印度河流域的古印度，诞生于长江和黄河流域的中华文明，概莫能外。

《礼记·王制》中记载，古代的天子要祭祀名山大川中的五岳与四渎。五岳就是东岳泰山、西岳华山、南岳衡山、北岳恒山和中岳嵩山。四渎则是指四条独流入海的大河——江、河、淮、济，也就是长江、黄河、淮河、济水。由此可见，能够直流大海的河，才是古人崇拜的大河。后来，黄河夺淮入海，然后又废弃之，淮河被长江接管，成为入海甬道，而黄河后又夺济入海，将济水变为自己的支流，显示出强大的霸气与蛮力。

如此絮絮叨叨地介绍江与河的前世，只不过想说明，利津是被幸运之神垂青的地方，它的幸运就在于，它是古济水和黄河入海的必经之处。两条河流交替孕育了利津的土地和文明。

东津晓渡，是利津的古八景之一。利津渡建于何时，已经无从考证，但是一个晓字，点明了古渡口最佳的观赏时间。我们来得偏偏不是时候，傍晚时分，夕阳正在下落，长河落日此刻应该正在圆着……各种想象督促着我们抓起相机，风一样奔向黄河岸边……

今年的黄河出现了难得一见的阔大水面。已经好多年没有见到这样的水面了。高度限制了我的想象力，我没法升在高空俯瞰九曲十八弯的长河，我只能站在与水同一个平面上，看水面漫漶，河水汤汤。滔滔黄浪挤开时间，一字排开，远处，只有一艘船，一座桥，一段河堤守着一河的沧桑……为了弥补不足，第二天一大早，我们一行人又赶到古渡口，终于拍到了心仪的古渡晓日和满河的碎金。然而，真正吸引我目光的，却是黄河岸边那些萋萋荒草和遍地野花。由于河道的扩展，两岸的草被大水吞没，那些幸存的草在晨光中显得十分无助，它们努力控制住自己的身体不滑向河中，迎着阳光向上生长，毫无顾忌地粲然绽放。

一边是强大的河流，一边是柔弱的生命，这强烈的反差刺伤了我的眼睛。

所谓的摄影，无法改变时间的进程，只不过是将流动的瞬间定格。

历史早已经隐身在黑色的后面，我们逆着光，无法看清楚它的来路……

二

先有铁门关，后有利津城。而铁门关还远在 70 里之外的汀罗镇，我们所看到的只是黄河故道上的一个时间的蝉蜕，又好像是河流转弯处溅起的一朵浪花。

汀，本意是指水边平地，小洲。总之，与水有关。

历史上的铁门关是一个响当当的地方。当年，古济水下游的大清河安静地流经此地，带着满河的清凉与滋润。

说起来，济水的历史源远流长。《禹贡》中记载，济水发源于河南省济源市王屋山上的太乙池。在它流向大海的过程中，曾经三次隐身地下，又三次浮出地面，虽然细小，却终归流向大海。唐太宗李世民曾经就此事问过大臣许敬宗："天下洪流巨谷不载祀典，济水甚细而尊四渎，何也？"许敬宗回答："渎之为言独也，不因余水独能赴海也，济潜流屡绝，状虽微细，独而尊也。"虽然济水水流细微，但是却因为绵延不绝独流大海成了四渎之一。在古代人的观念里，山川河流皆有精神，是坚忍不拔的精神成就了弱小的济水。

当古济水的大清河流经铁门关的时候，也成就了它的千古英名。

相传因为此处的土城上整扇城门嵌满铁钉、铁环，时人称为"铁门"，因这里是海陆通关之所，故名"铁门关"。我宁愿相信，这个名字只是寄托了人们对自身力量的一种渴望。在强大的自然面前，在朝不保夕的河海神力面前，人们希望铁门永固、佑护平安的想法是何等的真实。

经利津入海的大清河是连接中国北方地区和海上运输的主要通道。金代建在大清河口的铁门关控制着河海运输，成为重要的军事海港。《利津县志·古迹》中记载，"铁门关在县治北七十里丰国镇，金置，明设千户所，以资防御，有土城遗址”。能够成为一个重要关津，除了军事战略地位的重要之外，这里还是鲁北地区最重要的海盐生产基地，在方圆几十里的地盘上，分布着富国、利国、丰国、永阜、宁海等多家大型盐场，生产人们生活中须臾不可离开的必备品——食盐。

在古代中国，粮、盐、布、铁、畜是贸易中的五种大宗商品。因此，凡是有盐的地方，必然商贾云集。政府控制了盐产地，控制了盐的价格，就等于非常简单地向所有人征收了税款。盐税在历史上被称为“盐课”。盐税的雏形在夏朝就产生了，周代九赋之中的“山泽之赋”规定了对煮盐征收赋税。齐国宰相管仲首次提出盐铁专卖的思想——从此以后，历史上的盐都由国家专营。

有人分析，三国时的魏吴蜀之所以能够三分天下，其实也是由于掌管了 3 个产盐区：魏国食淮盐，吴国食海盐，蜀国食井盐。这样的传说足以说明那时的食盐不亚于当今的石油，是重要的国家战略物资。

在这条清秀古渡口上，熙熙攘攘的商船一字排开，显示出繁忙的景象。食盐通过海路运往鲁西、豫东、皖北、苏北等 66 个州县，同时将南方的物资运往鲁北。

盐，这种白色的晶体，在水中凝结而成，又进入人体，被占据人体 70% 的水所溶化，变成生命的一部分。

从金初开始，直到明清，铁门关繁华了数百年。龙王庙、戏台，各种雕梁画栋的建筑，各色人生的百味，在这个鲁北小城上演。所谓“泰极生否”，世间的一切繁华都在高潮的瞬间戛然而止。

1855 年，黄河像巨龙一样摆动了一下尾巴，大清河便被夺去了清澈……

三

人在自然面前，永远是渺小的。水成就了文明，也可以随时抹去文明，就像在沙滩上抹去一行浅浅的沙字。

繁华了几百年的铁门关，遭遇了灭顶之灾。

历史上黄河曾经两度经利津入海。公元 11 年，黄河在魏郡（今濮阳境内）决口，河行千乘（利津古地名）达 800 余年，形成了以利津为顶点的古代黄河三角洲。公元 893 年，黄河改道北流，大清河接替黄河在利津入海。公元 1855 年，河决铜瓦厢，黄河改道东北穿运河，夺大清河道再次由利津入渤海。

这一次，黄河放弃了与山川河流达成的和平协议，释放出千万年形成的狂野。黄河水一次次冲将过来，将随身携带的泥沙卸下，再转身，寻找更低洼处涌去。一次，两次，三次……八次，从 1855 年到 1886 年，30 多年的时间，黄河水八次冲击到这里，逼退了海水，就像传说中那只填海的精卫，终于逆袭成功了一次。

清代进士、利津四大贤之一张铨既悲怆又欣然地写道："年来海若欲东迁，东去潮声向日边，葭浦芦湾三万顷，果然沧海变桑田。"

河道淤塞，盐场凋敝，黄河岸边这座繁华的城池铁门关，终于被时间的尘埃覆盖。一路走过，黄河脱掉了黄色的披风，盖在了汀罗的身上，只留下一个水字旁的名字，记录下曾经的存在。

2018 年夏天，我们站在铁门关纪念馆的时候，脚下正是这座古城的遗址，不过，它早已掩埋在地下 5 米的深处……

黄河的泥沙无法掩埋人的创造力和适应能力。在汀罗，我发现大片的冲积平原上有着密密麻麻的鱼塘和高高大大的土台，一打听才知道，这是他们发明的一种"上农下渔"的生产方式：人们在盐碱地里挖出一个个深深的荷塘，在里面养殖罗非鱼、淡水花鲈、南美白对虾和罗氏沼虾；挖出来的沙泥则用来筑台，在上面种植西瓜、黄金桃、耐盐花生等特色林果蔬菜。抬高的地基比一般的地面要高，含盐量高的地下水无法上泛，这就保证了农作物不受盐碱的侵害。

依水而居的人们，跟随着大自然的变化而不断调整自己，不论是在沧海还是桑田上，总能创造出适合人类生存的方式。

我们原本是为了寻找铁门关而来到汀罗，不料在这里看到了彰显智慧的一幕，或许 800 年后，当我们的后人在黄河岸边寻找先人足迹的时候，会惊叹这种现代农业文明的遗迹。

每一天都是新的，每一天都在创造奇迹。

所有的历史，都是当下我们手中的现实。

蜜与秘密

偶然相遇在这条路上，只能说我们是有缘人。

3 年前的 5 月，正是槐花盛开的时候。泰山上下的花期相差半个月的时间，就在牛山口的拐弯处，我见到了公路两侧的一排排蜂箱，还有一个帆布搭起的简易木屋。

我对养蜂人有着一种天然的亲近，这源于小时候的记忆。那时候住在大山里的兵工厂，总看见一辆辆满载蜂箱的大卡车驶过，行走之处，总有一群群蜜蜂围绕其上，发出一种类似低音炮的和声：嗡嗡嗡，嗡嗡嗡……听大人讲，这是养蜂人带着自己的蜜蜂追赶春天去，他们与鲜花在一起……

多好！能够整天与鲜花在一起，这是一种什么样的甜蜜生活？

这样的猜测伴随半生，以至于我在泰山的盘山公路上，如此近距离地遇到大批蜂箱时，不得不下车，像打开一扇隐秘的甬道那样，走近蜂蜜，试图寻找多年前的有关甜蜜的谜底。在这里，我第一次见到了养蜂人——70 岁的王老先生。

让我稍感遗憾的是，王先生早就过了身强力壮的时候，像他这样年纪的同龄人早就含饴弄孙、颐养天年了，可他还是如同候鸟般按照时令追逐花期。

或许是看遍了世间的风景，或许是耽于身体的年老与体衰，他这几年已经不像过去那样热衷于全国各地到处跑了，而习惯在一个地方久久地待着，直到蜜采完、花落尽。

或许是久居山中，王老先生身上带着一种天然的朴实，他很愿意把自己的秘密与一个好奇的陌生人分享。

原来我们所不知道的养蜂人的世界，依旧是一个烟火缭绕的尘世，除去香花覆盖的外表，所有的童话下面，纠葛着各种各样的关系。我在这个陌生老者这里，第一次知道了蜜蜂世界的真相。

我听说蜂王浆是无比美好的滋补品，本来是想买一点儿新鲜的带回去，但是王先生拒绝了我。他说自己这几年年纪大了，已经采不了蜂王浆了，他甚至都不愿意卖给我蜂蜜。由于天气太冷，槐花尚未开放，他还没有采到新蜜。每天喂食蜜蜂的都是自制的糖水。喝糖水酿制的蜂蜜是没有营养的，许多本来不能食糖的糖尿病患者，甚至因为吃了糖水蜂蜜而发生危险。他建议我过几天再来买。

他不愿意出卖自己的信用，不愿意败坏自己的坚守，所以在众人掺假的过程中，他的坚持就有了非同一般的意义。我记下了他的电话，当年并没有买他的蜂蜜。第二年我赶到的时候，他正好装车，要赶赴下一个蜜源地。虽然泰山还是盛花期，但是当地老百姓已经在给栗子树打药了，再不走，他的蜜蜂就要遭殃了！第三年我给他打电话的时候，得知他已经到了泰山西麓的店台村，去采荆棵蜜了。总之，三年来我们除了错过还是错过。

人生总是在错过。走在这条连接山北与山南的路上，一切都得随缘。我们看见了，就是缘分，看不见人而看见春天和槐花，那也是一种甜蜜的缘分。

我是在寻找王先生的春天，意外地遇见了邵大师。

也是在牛山口，也是在必经的山路上，我看到一长溜新摆开的蜂箱，于是停车下去打探王先生的消息。邵大师告诉我：放蜂的王老头要过几天才来，他自己刚刚带着300万只蜜蜂从王先生的家乡郓城县的大槐树林里赶到泰山。

放了30年蜂的邵大师，每年春夏之交都来泰山，已经在这里待了10年之久，而我也在这条路上跑了8年，虽然我们都奔波在自己的路上，却一直没有任何交集。

人人都在选择。如果我选择走104国道，就不能走这条乡村小道。而邵大师选择养蜂这条道，就放弃了其他选择。人生可以选择的道路无数，却注定只能在一条路上行走。

“我要不是养蜂，说不定就成校长了！”就是因为这样一句话，我对这个头发稀少的中年男人瞬间产生了好奇和敬意。

邵大师的父亲是个教师，在失去工作的年代被下放到东北谋生。在东北，他靠着有点小头脑，养了三箱蜜蜂贴补家用。

“就是这三箱子蜂，害了我！”邵大师的故事自然有了不可抗拒的命运之神力。

学校给父亲恢复了工作，并许诺他退休后可以让唯一的儿子顶替。说起来这种子承父业的“顶替”，是中国特色的事情。从东北回来的时候，邵大师才刚刚13岁。过惯了穷日子的父亲，说什么也不愿意让儿子去当穷老师。“家有一斗粮，不当孩子王”，还是扎扎实实挣钱过日子合适。父亲从三箱蜜蜂身上，已经得到了不少的实惠。在父亲的安排下，邵大师成了职业养蜂人。那一年，他跑了一趟厦门，九箱蜂，挣了1000多块钱。与20世纪80年代全年收入只有200多块的教师相比，收入自然是天渊之别。

家里盖上了大瓦屋，还在村里最早买上了125型大摩托车。说起这些往事来，邵大师掩饰不住自己的得意。

可是哪里知道风水轮流转，这些年教育受到了重视，他们那一批顶替上班的孩子通过参加各种进修，逐渐成为乡村教育的主力军，还有好多人成了乡村小学的校长。

作为一个养蜂人，外人看来的自由和潇洒其实也是一言难尽。30多年来，邵大师的春节只有一年是在家中度过的，其他时间都是在外面。孩子扔给了爷爷奶奶，不但自己这辈子耽搁了，连孩子的未来也耽误了。由于父母不在跟前，儿子初中后就不好好学习，高中没有上完就辍学了，年纪轻轻就走上社会，做起了职业货车司机。

没错，养蜂人是追逐着花期，从南向北一路排开。如果说有什么值得庆幸的地方，那就是永远与鲜花做伴，远离了尘世的喧嚣，却依旧在红尘中。

泰山是邵大师今年的第四站。他们到过安徽的六安、江苏的涟水，采的是油菜花，前几天到了菏泽的郓城县，采的是槐花蜜，现在来泰山四五天了，还没有采到蜜，要静等山谷里的槐花开放。

原来，花期也是要等待的。就像农民等待雨水和阳光才能适时播种，养蜂人也是要在全国各地的大山里、树丛中，等待着阳光，等待着蜂舞，等待着花开，期待着花香。这期间，要是赶上雨季，就只能空手而归。

一年12个月，有10个月奔波在路上，要是能满满地采上一个月的花，就已经是最好的收成了。并不是开花就会有蜜，遇到天气的忽冷忽热、持续的阴雨、酸雨等，都可能让花儿“流蜜”困难。

泰山有两个花期，春天的槐花，秋天的荆棵花。为了这两个花期，养蜂人伙同他们的蜜蜂，不停地追赶着地球的自转。他们把太阳作为自己的坐标原点，不断调整自己的钟表，以期赶上花开的节奏和频率。

作为一种野生的昆虫，蜜蜂从诞生的那一天起，就成为人们的亲密伙伴。早在5000年前的古埃及时代，人们就已经知道利用蜂胶来进行防腐处理，许多木乃伊中都有蜂胶的影子。2000多年前，世界著名的古希腊医生、思想家希波克拉底经常食用蜂蜜，在那个缺医少药的年代竟神话般的活了107岁。

在已经知晓的人类所利用的1300多种植物中，有1000多种是依靠蜜蜂来传授花粉的。据说伟大的爱因斯坦曾预言，如果蜜蜂消失，人类将只能存活4年。这样骇人听闻的说法，我们无法考证真伪。终日考虑着时间和光速的爱因斯坦，既不是生物学家也不是昆虫专家，他说出这样的话实在令人匪夷所思。我们姑且当作一个预言，一个借伟大的物理学家之口说出的真理：人与其他物种的联系也许就是这样的相互依赖，以至于在我们看不见的地方，结成了生死同盟。这是人类的不幸，更是人类的幸运，让我们学会尊重自然，学会用包容的胸怀与自然和平共处。

说起来，蜜蜂这种昆虫一定是上苍设计的最有创造力的生灵，说它是圣虫丝毫不过。我们知道，蜜蜂王国是一个等级分明的世界。蜂王，一生只是吃喝玩乐，负责交配、产卵、繁殖。雄蜂，一群只为繁育后代而生的种子，只为交配而生。工蜂，负责吃喝拉撒，酿蜜、养育。蜜蜂一生只有三到四个月的寿命，倾其一生，也只能采到0.6克的蜂蜜。工蜂一生只吃3天的蜂王浆，然后就以花粉为食，盛花期一天要来回飞8次，直到最后累死在野外。

倾力者必定死在路上。它们一生心无旁骛，甚至放弃了自己的交配权，只知道工作、工作……

70岁的王先生和50岁的邵大师，他们养育着自己的蜂群，从南到北，逐花而至，他们是蜜蜂社会的国王和宙斯，他们决定着蜜蜂的生存与消亡，但是在人的社会里，他们又与工蜂何其相似！为了追求自由的生活，他们甘愿隐居深山大川，在貌似自由的奔忙中，依然摆脱不了作为一个人所必须承受的一切悲哀。

只有大自然会敞开宽广的怀抱，拥抱走入其中的一切生命，它不求回报，成就了蜂蜜的甜蜜，也成就了人心的完美。

或许，这就是生命与大自然的缘分所在。

走在这条花香扑面、蜜蜂飞舞的路上，我似乎勘破了生命的隐秘……

红光

溺水者的身家性命，往往悬挂一根稻草之上。

对于稻草来说，它的分量太轻，不足以承受这样的托付。它只是偶尔漂在水面上，其实它最爱去的地方，是家中火热的灶坑，或者稻田潮湿的泥土。

我们都知道，溺水者能够自救脱险，完全得益于自己，与稻草毫无关系。但是，溺水者却对稻草千恩万谢，感恩戴德。因为，高高在上的稻草之于溺水者，是希望的全部所在。

鲁迅文学院第 31 届中青年作家高级研讨班，竟然成了我最大的一根稻草。

到鲁院报到的第一天，我被分到了 601 室。一个山东老乡来串门，看到满屋子的阳光，羡慕地说："你可真幸运，住到最好的房间。"后来才知道，鲁院在分配住房的时候，是按照年龄依次排列的，我因为是这一届男生里面年龄最大的，成了大师兄，被照顾住进 601 室。

所有结果的背后，一定有一个冥冥之中的必然。我被命运垂青，就是从这个时刻开始的。

我是鲁 31 最幸运的一个。在平均年龄只有 41 岁的班里，我努力调整心态，自觉减去 10 岁，保持敏锐的触角，力求成为一个名副其实的“70 后”。

其实在写作者眼里，时间已经不是一个物理学的概念，它仅仅是一个心理学的名词，它只存在于我们的感觉里。当你把生命的阈值重新调整之后就会发现，在不同的时间维度，所谓的时间是根本不同的——就像我，进入到这个年轻的团队里面，马上就有了时光倒流、青春重现的错觉。

2016 年，我被叵测的命运之手点中。人们常说“人过四十不学艺”，一个 50 多岁的人，却不得不重新选择未来。这时候，文学青年眼里的黄埔军校——鲁迅文学院向我发出了入学通知书，仿佛一根稻草抛向了溺水的我。几乎是同时，山东文艺出版社也向我伸出了橄榄枝。这种雪中送炭的举动，让寒冷的冬天充满了温暖。

经过再三考虑，我放弃了新的工作机会，我要抓住机会去上学。让我心怀感恩的是，素昧平生的山东文艺出版社领导愿意多等几个月，直到我学习归来。随后，我以一个自由作家的身份进入久违的课堂。

一天午休，阳光透过窗子，安静地铺开在房间里。这样的日子简直就是上天赐予的。我躺在床上，以手加额，用以遮挡强烈的阳光。无意中，我看到了手心里的一片红色，那样鲜艳，我知道那是年轻的血液在胸中奔涌。我提起笔，写下一行蹦出的诗句：

这是一个与太阳有着相同频率的地方
是原点
是一个洞穿自己　回归
阳光之源的过程

——《红光》

诗歌是干什么用的？这个看似简单的问题却大有深意。对于一个写作者来说，追问无所不在：我们在做什么？我们要往哪里去？何处才是诗歌的边界？在忙忙碌碌的生活中，这样的问题已经离我们很远很远了。

学习期间，我遇到了两个非常有意思的人：一个是拉小提琴的门卫；一个是念佛经的保安。

北京的冬天寒冷且雾霾重重。每天晚上值夜班的时候，现代文学馆南大门的一个门卫，都会面对空空如也的大门，拉起他的小提琴，那琴声中略带苦涩。旁边经过的人只能看到他的背影，却无法走入他的内心。

另外一个是鲁迅文学院的保安。在不值班的晴朗日子里，他总是坐在草坪上的连椅凳上，抱着一本佛经细细研读。那时阳光正好，他的影子安静地卧在脚下，让世界变得纯粹起来。

在这样一个文人聚集的地方，门卫和保安做完工作之后，怡然自得地干起那些毫无意义的事。可是谁又能否认，这样看似毫无意义的事，带给人们内心的抚慰是无可比拟的。

正是这些无意义的事，让生命变得有了意义。我们诗人，正是这些无意义的创造者。

我一直在思考诗歌里的时间问题。

在厦门进行社会实践活动的一个黄昏，我站在南海之滨，眺望着西边天空悬挂着的一颗明亮的星星，突然间心潮翻涌：我有多久没有这样仰看星星了？这是一颗什么星？太白星还是木星？在我五十多年的生命里，它一直那样存在吗？为什么只有在鼓浪屿的岛上，在隐约缥缈的大海之上，我才第一次真正地看到了它？

回到北京后，在浓浓的雾霭中我一直没有再看到它，只有今天傍晚，天空放晴，我从林立的高楼大厦的间隙中，从灯光喧闹的暗影里，才又重新看到了这颗明亮的星。

原来，它一直都在。只有我们从喧闹中安静下来的时候，才会发现它的存在。

我的家乡在泰山脚下。泰山上最古老的石头已经有28亿年的时间。泰山在数亿年前沉到海底，又在两亿年前从海底随着喜马拉雅山造山运动而隆起。每每谈起泰山，我们都会说沧海桑田，会说稳如泰山。

星空的永恒和山石的久远，让微渺的人类有了刹那的感觉。

文学的本质实际上就是书写自然、宇宙和生命本身，用个体的情感体验构建一个人类共通的乌托邦。在书写中，世间万物都会进入文章，会在你感悟的瞬间进入内心。而这一瞬间的感悟，便具有了永恒的意义。

悬挂在高空的星星一直存在，我们看到它的瞬间，其实就是它的永恒。

鲁院的花园里有许多名人雕塑，只有冰心先生的塑像前面立着一块石碑，上面写着：有了爱就有了一切。

因为爱，我们走近文学；因为爱，我们选择纯粹；因为爱，我们放弃了仇恨，选择了宽恕。

那年冬天，花园里开满了蜡梅花，沁人肺腑的香气令人陶醉。满树的花朵令人迷惑，我只取了一朵放在胸前的衬衣口袋里。

几个月的学习时间飞快地过去了，世界在我们面前打开了新的可能。或许我们依旧微如尘埃，但是从这里走出之后，生命必定有所不同。

童年的一场花事

童年的美丽，总是与一些美好的记忆联系在一起。

生活中的我不是一个善于记忆的人。我经常自嘲，因为记忆不好，所以只好发展创造力，来弥补自身的不足。人家会背唐诗300首，我不会背，只能去写300首出来——虽然写出来还是记不住。

如果说童年有什么值得回忆的事情，那么电影《卖花姑娘》肯定得算一件了。

“卖花来药（哟），卖花来药（哟），花儿好啊红又鲜，朵朵鲜花卖不完啊，滴滴眼泪擦不干……”35年后的今天，深夜，我坐在电脑前，写着《卖花姑娘》的名字，心里飘着这首歌的旋律，嘴里唱着这样的歌词！

为了写文章，我上网搜到了《卖花姑娘》的歌词，和我童年记忆里的歌词多有不同，但是，我还是愿意哼唱记忆里的歌——不是我已经老朽，而是我更珍惜往昔。在我儿时的理解中：“卖花来药，卖花来药”，卖了花才能买来药啊！

1972年，我刚刚8岁，对于世界的认知，更多的是凭着感性和直觉，甚至直到现在，我也一直生活在感性中，是一个率性而为的人。

20 世纪 70 年代是一个充满了幻想和神奇的年代，我依稀记得有人在喊“赶超英美”；我看到了原子弹、氢弹在空中炸开时的美丽；我听到了人造卫星掠过天空时唱响的《东方红》的乐曲……我随父亲们“深挖洞，广积粮，不称霸”，在深山里建造军工厂，在山洞里制造威严的武器，在大山的小溪边上做着单纯的美梦。单调的生活就像闹钟的指针，每天都指向同一个位置，每天都走着同样的步子。我感觉时间像凝固了一样，在蜗牛的背上蠕动着。在这样日复一日的生活中，最令人期待和向往的，就是每周一次的电影放映了。

我们看得最多的电影是《红灯记》《白毛女》《智取威虎山》等八部样板戏，另外还有两部关于战争的教学片《地雷战》和《地道战》。为了看电影，我们在中午时分就赶到篮球场，摆上马扎，盼望着熟悉得不能再熟的片子。在这样的时候，朝鲜电影《卖花姑娘》的出现，无疑是在平静的湖面上投下了一颗威力巨大的炮弹，死寂的生活从此有了波澜。

电影的故事情节是简单的：可怜的姑娘花妮父亲死了，妈妈病了，妹妹被烫瞎了眼睛，花妮只好卖花挣钱，为母亲治病。电影里面时时盘旋的歌曲如诉如泣，令人潸然泪下。“买票花了一毛钱，手巾用了两条半，中午回来没吃饭，下午演出还想看”，这是当时电影火得一塌糊涂的真实写照。

在那个严酷的年代，在心如钢铁的年代，这样煽情的影片一出现，着实让坚硬到残酷的心为之柔软，让人们在眼泪中找回了人最初的感觉。可以说，我童年记忆中美丽和善良的化身，就是那个挎着篮子身穿民族服装的花妮姑娘……

时至今天，朝鲜电影在中国已鲜有身影，荧屏上流动的是长篇的电视“韩流”。不可否认，韩剧里涌动的人情味和儒家文化温文尔雅的亲情，甚至在国产电视里也已经少见了，但是相比之下，《卖花姑娘》在我心中，仍然是那个年代不可替代的唯一！

在写完这篇文章之后，我随手下载了一首《卖花姑娘》的插曲。当熟悉的旋律再次响起，心脏加快了跃动，一种久违的情感油然而生……这是我 30 多年后第一次听到它的旋律。

岁月流逝，物是人非，我们心目中的美好，也许只能像水中月镜中花一样，仅存于记忆中了……

蜂蜜有毒

槐花就要开败了！

其实周围的槐花早就败了。在全国四大火炉之一的泉城济南，高温来得早，花开得快，槐花的早早败落当在意料之中，没有什么可奇怪的。许多人已熟视无睹。日子按照秒针的节奏，快速地往前赶着，咔咔咔，好像走了很远，其实不过是在原地打转。

人生往往会陷入这样的怪圈。

因此，想把日子过得慢一点儿，想在日子里涂上花香或者甜蜜，就成了非常奢侈的事情。

我知道泰山里的槐花是缓缓开放的。它们躲进每一条大山的皱褶里，静静等待着蜜蜂的到来。

因为有了期待，槐花的心是安静的，止水一样，波澜不惊。它的内心充满了甜蜜，是气定神闲的安定，日子就有了别样的光泽。

它的心中藏着一片海，所有的绿就都有了海一样的蔚蓝色，它站在山上或者山谷，都有水波的柔情，被风轻轻一摇，便显现出万般柔美。

在它盛开的时刻，千万只远道而来的蜜蜂，为它最美的时光添上了盛装浓抹的一笔。

赴约而至的蜂，为着花香，辗转万里千里，来到泰山，来到白色槐花铺开的季节里。它们采花、酿蜜、辛勤工作，它们养育着它们的蜂王、雄蜂和它们自己。这种叫工蜂的物种，仿佛生下来只会工作，虽然只有2个月的寿命，只吃3天的蜂王浆，一生只食用花粉，却把酿出的蜜全部留在了自己的巢里。

蜜蜂从小就过着集体生活，在集体里渐渐磨掉个性，成为一颗颗不知疲倦的蜂世界的"螺丝钉"。

这样的生活我们仿佛耳熟能详。没错，工蜂注重团结，泯灭个性，奉献自己。

然而，这并不是真相。事实上，槐花从未为了等待而盛开，它只是遵循着内心的律动，在大自然中循规蹈矩地开放，然后凋落。遇见蜜蜂，其实是小概率事件。

而蜜蜂也被欺骗了，它的主人每天都会偷偷割蜜——用锋利的刀子割开蜡封的巢穴，将早就"埋伏"好的格栅板取出，放到手摇的机器上，机器飞速转动，利用巨大的离心力将巢内的蜜摇出，装满自己的蜜桶，然后分装到无数的小瓶内，走上千家万户的餐桌。

原来蜂蜜的存在价值是早已经设定好的一个程序，所谓的辛勤付出，不过是一场利益驱赶之下的美妙动听的话剧。不，是一场哑剧。

工蜂穷尽一生之力，维护着蜜蜂王国的秩序，繁衍后代，原来不过是一场人为设定的程序。

上一年的冬天，大部分的蜜蜂已经因衰老而死去，主人留下了蜂王，减少了工蜂，陪着蜂王一起度过严冬。早春开始，主人依据时令，喂养蜂王，繁育蜂种。他们投入各种各样的器具，购买大量白糖和袋装花粉，在花期未到的日子里，精心养育蜂群，然后像大元帅一样，带着数百万蜂群四处征战。油菜花—槐花—枣花—荆棵花，这样周游的路线图，早已经印在了他们的活动轨迹上。

蜂蜜被主人一路卖出，从南方到北方，所有花开的地方，都有相似的情况发生。

有时候，愚忠的蜜蜂也会跟着蜂王逃逸。它们在主人准备更换蜂王的时候，被老蜂王带领着，逃出蜂箱——这个主人设定的牢房，1 万只或者 3 万只工蜂，簇拥着自己的王，在某个清晨或者夜晚，推开晨曦或者明月，向着大山深处奔去……

这样的反叛并不能成功。主人先是在巢中培养新蜂王，然后找机会找到老蜂王，掐死，充当了物竞天择的杀手和终结者。

年轻的蜂王由于繁殖力强，便更具有创造力，大量新鲜的蜂蜜源源不断地流出……

更为可怕的是，主人并非个个心怀善意，他们中的有些人会将蜂蜜或者蜂王浆、蜂胶添加某些不可言说的东西，出售给自己的同类，获取更加惊人的利益。

比如，在花期断档的时候，喂养大量的糖水，工蜂吃后酿制出的蜂蜜由于成本低廉，可以更低的价格售出；原本高端珍贵的蜂王浆，掺入结晶的蜂蜜，把相对便宜的蜂蜜卖出上百元的蜂王浆的价格；或者在蜂胶中掺入蜂蜡，让原本不值钱的蜂蜡增值……

在蜜蜂王国，人有着宙斯一样不可更改的力量，掌握着生杀大权，蜂群的增减不是依靠自然的选择，而是主人的手指。

有人想象，地球是宇宙某个高智星球流放罪犯的地方，为了怕地球人寂寞，专门制造了一轮明月，高悬天空，成为地球人的伴侣，并且永远只有一面朝向地球，人类所有的一切都是计算机程序设定好的，比如喜怒哀乐，比如繁衍生命。高过人类智商太多的某个高智物种，就是这样操纵着人类的一切行为。

我不得不说，这样的八卦一定是养蜂人想象出来的，他们操纵蜜蜂的生死繁衍过程，与此一般无二。

我在大山里购买蜂王浆的时候，被一只工蜂袭击了，左眼角被蜇了一个大包。那只勇敢的工蜂以自己的生命为代价，捍卫了蜂的尊严。

正是这样的疼痛，促使我写下了这篇《蜂蜜有毒》的文章。其实，任何一种甜蜜的东西都有不可预料的后果。

蜜蜂嘴里吐出甜蜜，屁股悬挂毒针，它是一种疾恶如仇的昆虫。它以自己的行动，说明了生物的生存有着巨大的两面性和矛盾性。

如果可能，就选择在甜蜜中死去吧。因为死无可避免，而甜却可以用一生来追逐。

此刻泰山

——献给终将掩埋我的尘土

2018 年 12 月 29 日夜，我驱车由济南返回泰山，途经药乡国家森林公园，停车驻足，向南望去，泰山主峰隐在遥远的黑暗里。

夜的泰山，与白日里看到的全然不一样。由于黑的遮掩，我们的视角已经退化，而另一只天目正在打开。透过紧致的、湿润的、绸缎一样的夜色，天目射出的光抵达遥远。在这样的静夜中，尘世的嘈杂，烦躁的烟火，甚至虫鸣鸟叫、风声雨声，全都被过滤掉了。站在海拔 700 米的山上，眼前突然跳出这样几个字：此刻，我在泰山。

这是一种近乎玄妙的体验。冬天已经早早来临，雪也下过了几次，都没有留下太深的痕迹。所有的虫子都忙着越冬去了。在大山深处的沟壑、洞穴里，那些长了百年的大树洞里，一定收纳了许多的生命，它们用睡眠抵御寒冷，用静默抵抗风声，等待着时间的流动、春天的归来。千百年来，遗传下来的生存原则丝毫没有改变。

这条穿行在山中、蛇一样弯弯曲曲的盘旋公路，仿佛一个入侵者，盘亘在山的腹地。大山好像已经接纳了这样的入侵者，与公路相安无事，只是偶尔显现出不和解的姿态：比如，大雨过后，湍急的水会剥掉路的平坦，故意在上面刻下深痕，或者将路当成水道，发泄对于路阻挡流向的不满；还有漫天大雪，也会在冬天加入这种对峙，故意在路面铺上厚厚的一层，铺满大山的沟壑，让这条路回归安静，让大山回归原有的封闭。

诗人曾经感慨的“欲渡黄河冰塞川，将登太行雪满山”，大概就是这样一种状态。行路尚且如此之难，更不要说驾车穿行了。

农历的二九已经来临，传说中的一场大雪，正在赶来的路上。站在路边的我，突然感到了时间的唯一性：此时此刻，我正在泰山上，正在此时此刻的泰山上。

什么是此时的泰山？什么又是彼时的泰山？地质学意义上的泰山，似乎同所有的山一样，清晰、理性、科学，来路和去路都是那么的明明白白。花岗岩、片麻岩，各种石头的堆积，各种造山运动，在地球东部的大平原上，生生隆起来这样一座大山。从此再往东去，直到黄海，没有一座高过它的山，它当仁不让地成为版图上的一个标高，一个抹不去的痕迹。

如果没有什么意外，未来的几千万年也不会有什么改变。天赐之地，天赐之山，这样的结论有着无法更改的宿命。

相对于地质泰山，文化泰山就显得年轻了许多。

泰山从什么时候走入人类文明史已经无从考证，在五千年至一万年的人类文明史中，泰山是一步步走进文化史册的，成为中华文明的一个隐喻。

其实也怨不得别人，中华文字、中华文明，本身就是一个自恰的独立存在，当我们看到“雄鸡”这个词的时候，有多少人会以为它仅仅只是一个生物学的名词呢？会有更多的人想到“闻鸡起舞”“鸡飞狗跳”，想到“雄鸡一唱天下白”“飞来山上千寻塔，闻说鸡鸣见日升”。

所以，当我说出“此刻，我在泰山，我在泰山此刻”的时候，传递出来的不仅仅是一个时间的概念，而更像是一个文化结下的果子，正悬挂在时间的枝头……

你们所认识的泰山，都是过去的泰山，是泰山的过去时，是一枚风干的果子；你们所理解的是图片里精致的四季，瞬间的松涛，凝固的风和安静的明月；你们所感受到的一切，都是时间延迟传送过去的信息。它们是干涩的，没有了饱满的汁液。当你们听到杜甫的“会当凌绝顶，一览众山小”，被传递出来的高昂的气息所震撼的时候，却没有了山风吹面的痛感，没有了高度之上的眩晕感。那种登山过程中大汗淋漓的酸痛与鲜活，都被抽离出去，你得到的只是彼时的泰山。

你读李白“危楼高百尺，手可摘星辰”时，可曾感受到月光与星光的微明？可曾有毛发耸立、浑身鸡皮疙瘩的战栗？你感受到的只是文化、语言和词汇营造的虚幻。

而此时此刻的感受却是唯一的，不可替代的。此刻，2018 年末，我感觉到了流动的光阴一去不回。

我曾经在泰山绵延几百里的大山里不停地行走，见证了许多难以追溯的瞬间。一个大雾茫茫的早上，盘山道边，朝阳正努力向天上攀去，透过薄雾将万束金光投了出来，射到了路边的一棵树上，恰好被途经此地的我看到。我停车，用手机拍下这个瞬间。几天后，当我再度经过此地的时候，再也找不到那棵小树了！我眼前的那棵树，已经融进了树林，成为“所有的树”……

无独有偶，我发现一处养蜂人经常停留的地方，是俯拍大山的绝佳摄影点，每次经过此地，我都会放慢车速，看看是否有独特的风景出现。在一个夏季的傍晚，一棵树出现在我的面前，它那么单薄，那么孤单，在悬崖边上，孑然独立，背景是漫天的彩霞。

准确地说，是红霞衬托着黑色的剪影。这样有强烈对比的色彩，将天地之间孤独的小树，衬托得无比突出。

它看惯了人间的云起云落，独立地站在悬崖一侧，自顾自地生长着，在晚霞中走过了十年，还要走过百年，然后在晚霞中消失……这是山中每一棵树的必然结局。

它一生都这样站立着，如果不是被我发现，不是被我摄入镜头发到互联网上，被千万朋友点赞，它也一样会这样站着。

我的无理侵入，让此刻的这一棵树，成为所有的树；让这一棵树的美丽和死亡，成为所有树的美丽和死亡，并将大山上将要生长的所有树都定格下来。

此时此刻，泰山飘起了雪花，我在山顶仰起头，看见了隐藏起的月光，听到了自己的心跳……

此时此刻，2018 年末，我站在泰山。这是此时的泰山，也是过去的泰山，还是将来的泰山。这一刻，时间浓缩为一个点，将无限的可能都凝聚在了这一刻。130 亿年的宇宙在收缩，太阳系在收缩，地球在收缩，凝聚成一个原点，凝聚成我的泰山的此刻。

就像死去的预言家霍金说的那样，一个新的宇宙正在形成，从一个原点炸裂，向着无限的可能延伸……

盲诗人荷马的失语

在一个漆黑的夜晚，来自希腊的盲人荷马误打误撞地走进了一个灯火辉煌的房间。房间里墨香四溢，安静的大厅里面坐满了人，他们有的是城市白领，有的是无家可归的浪人，有的是失恋的孤独者……

对一个盲人歌者来说，黑夜与白天又有什么区别？对一个生活在公元前800年前，从未接触过文字的人来说，所谓的书香又有什么吸引力？

所谓的意义就在于，诗人荷马无意中走进了时间虫洞，穿越到了2017年的华府国度的繁华城市，走进了一座24小时不打烊的书店。

古希腊时期，那真是人类的童年。每个人都是神的后代，都有着意想不到的神圣的力量。为了一个美丽的女人，人们不惜发动一场战争。那个时候的人们，可以仰望星空，思索人的来历，探究生存的意义。他们何等的快乐，何等的忧愁，他们把世间最简单最纯净的情感，通过舞蹈和诗歌吟咏出来。那个时候，他们距离大地是如此的近，或者说，他们就站在大地之上，他们就是大地上的一粒尘埃。那是一个童真的年代，泰勒士、赫拉克利特、毕达哥拉斯、苏格拉底、柏拉图、亚里士多德、阿基米德，一个个如雷贯耳的人生活在那里。与此相同时代的东方，也有这样的人，比如大道至简的老子、纯真至善的孔子……还有那些风雅颂的诗歌，在田野里、在宫廷里、在人心所在的地方无拘无束地飘动！

穿越时间走进东方的荷马，拄着一根拐杖闯入书店。他胡须花白、破衣烂衫，被这座充满人文情怀的书店所接纳和安置。

城市和城市是不一样的。古希腊也有城市，不过他们是建筑在大地上的石头城堡，而现代城市却是建立在钢铁和水泥之上。古希腊人习惯用火来照明，那是英雄从天庭盗取的火种，里面包含着温暖，包含着人性的爱；而现代人只生活在电和网络的世界，他们怕黑夜的黑，于是用更多的光来掩盖水泥的坚硬、钢铁的冷漠、金钱的铜臭、网络的虚幻。所以，城市里一盏 24 小时长明灯，都可以成为心灵的慰藉，成为一件值得炫耀的事情……

“人体是最神圣的东西……”习惯于歌吟的盲诗人在寂静的深夜正要歌唱，却被礼貌地制止了。“先生，请安静！你可以在这里看书，哪怕只看一页；也可以在这里打瞌睡，哪怕你睡上一夜，但是请你闭嘴。”

来自古希腊的盲诗人对于这个神秘的东方了解不多，可是这里的每个人都知道，有着 2000 多年诗歌传统的国家从来不缺少诗歌！被孔子删改的《诗经》，被屈原吟咏的《离骚》，被李白、杜甫擦亮的唐诗，被苏轼照亮的宋词……为什么会禁止诗歌呢？不知道这是在放弃传统吗？

这个世界上有各种各样的盲人，他们的表现各不相同。比方说，有的眼睛看不到，被人称为盲人；有人虽然眼睛可以看得见光，但心是瞎的，却被称为正常人。荷马知道，自己虽然看不见外界，但是内心充满了光明。他的心是敞开的。

盲人荷马的史诗《奥德修斯》里，记录了滞留海岛 10 年的英雄奥德修斯返回故乡的故事。他是得到了神的预言还是源自内心的启迪？为何他一直默念着“故乡必是归程”这句话？

楚国大夫屈原在《九章·哀郢》吟唱着：“鸟飞反故乡兮，狐死必首丘。”他说狐将死时头总朝向出生的小山，飞禽走兽都不忘出生之地。这是对故土的耿耿忠心至死不渝。难道 21 世纪的人类已经退化，一座不打烊的书店就有了家的温暖，就有了故乡的情怀？

荷马安静地坐在书店的黑夜里，掏出一把古希腊的七弦琴，却发现，在这个诗歌的国度里，他的手再也无法把它奏响。

托着命奔跑

泰山雉鸡

每个生物都会把命托起来，随着自己的名字一起奔走。人这样，动物也概莫能外。

托着自己的命奔跑，这样诗意的句子背后，却有着道不尽的心酸。

在这座每年接待游客 1000 万人次的、人满为患的泰山上，还能指望见到什么稀罕的动物?

传说多年前的一个冬天，大雪封山，索道停运，泰山上的管理人员过起了与世隔绝的日子。一条狼于夜色中经过驻地。管理者手里有枪，标准的七九式半自动步枪，一个点射过去，狼倒在了雪地里，染红了地上的白雪。

人们将狼剥了皮，晾晒起来，狼肉则作为野味存储起来，只有重要客人来时才拿出一些，做一份“狼肉”野餐。

春天到了，附近的山民找上山来，指责说：“你们把我家的狼狗打了吃肉也就罢了，总该把狗皮还给我吧？！”

所以，泰山上但凡是与“野”字挂钩的，都是稀缺的，是极其珍贵的。而俗称泰山野鸡的泰山雉鸡，就是其中的一类。

说起鸡，人们首先想到的就是“野鸡”。毕竟在有限的人类史上，人与鸡有着太久的联系了。据考证，人类至少有8000年的养鸡历史。作为六畜之一的鸡，早在3000多年前，就走进了甲骨文，成为与人关系最密切的动物。想象一下，先人们用刀在甲骨上刻下的每一个字，都是那样的不容易，除非与生活密不可分，否则鸡怎么会走上甲骨呢？鸡不光满足了人们的口腹之欲，还成为祭祀的供品。

鸡是鸟纲雉科家禽。在甲骨文中，“鸡”的写法至少有十种以上。在那些象形文字里，鸡的形态各异，有的鸡侧视状，有的鸡正立而头朝左状。后来，人们怕念错字，便在象形“鸡”旁加了个“奚”做声符，成了形声字，字形好似用手牵一只用绳子系住的“鸡”。由此推测，殷商时期的先民可能是将鸡系着进行驯养的。“鷄”是“雞”的异体字，有从“鸟”的，也有从“隹”的。细究原因，大概是古人为了在文字上区别鸡的性别，因此将鸡在“鸟”和“隹”的归类中均占有一席之地，长尾的公鸡为“鷄”，而短尾的母鸡为“雞”。

鸡走进诗歌，是在2500多年前的《诗经》中，里面有一首关于鸡的诗：“风雨如晦，鸡鸣不已”。《诗经·齐风》里也有一首《鸡鸣》与报晓有关：“鸡既鸣矣，朝既盈矣……”。

2016年3月21日的一个清晨，我穿泰山而北行，在凤凰岭上遇见了一只泰山雉鸡，它正大摇大摆地横穿马路。这是我第一次如此近距离地看到泰山野鸡。尽管是一个下坡，我还是早早地踩下了刹车，等待野鸡通过。

我静静地看着它。它步子优雅，不紧不慢，俨然一个骄傲的公主，不，俨然这座凤凰岭上的一只凤凰。

我能够清晰地记住那天，是因为那天正好是国际诗歌日。这只泰山雉鸡就这样与我不期而至，十分突兀地出现在一个诗人的车前——这是不是就是所谓的天意？

在我走过800个单程的山路上，一只野鸡恰好出现，它路过了我的生命，以及生命里的全部时间。

我庆幸，泰山上的雉鸡与家鸡一起，在时间的长河里平行生长，并没有因为环境的改变而灭绝，也没有因泰山的庇护而毫无节制地疯长，它们不光躲过了时间的打击，更躲开了人类的牙齿，且仍保留着自己的野性。

在这条山路上，我曾经无数次听到泰山雉鸡的叫声，声音略带沧桑和沙哑。它们展开翅膀，贴着地面缓缓滑行，从一片山地到另一片山地，看起来丝毫不费力气，实际上，却把身家性命托付给了大地和翅膀。

泰山的皱褶里，隐藏着许许多多的农家乐，那里养着一笼子又一笼子的鸡，最吸引人眼球的，是那种七彩雉鸡，它们因为外形俊美，犹似野鸡，尽管每只价格上百元，依然为许多食客所青睐，极大地满足了人们大食野味的好奇心。其实，这种住在铁笼子里的山鸡也是养鸡场里豢养出来的，是根据饲料配方精心调配养育出来的野鸡仿品。

这样的山鸡除了外貌，其实与野鸡没有丝毫的联系。

野性一旦被豢养，就只能是另一个物种了，就像狗与狼的区别，家猪与野猪的区别。泰山中的雉鸡像孙猴子一样，拔下毫毛一吹，变出了成千上万的七彩山鸡，既满足了人们的口腹之欲，又保存了自己种族的纯粹和延续。

一只真正的泰山雉鸡，也因此走进了诗里——

雉鸡的长尾与漂亮的装饰

成为自己的灵幡
成为天敌和子弹的双重猎奇
它们从诞生的那一刻起
就披上了与世界作对的羽毛
用鲜红的热情装饰生命的冷
用笨拙的奔跑与高空作别
与田野达成和平的共识

过分自恋的雉鸡　终于用自己的血
清算了人类的残忍
用过度的死亡
走进濒危保护的救赎

它们的少与家鸡的多
形成了巨大的反差
它在世界诗歌日
穿过泰山的早晨
与一个喋喋不休的诗人遭遇
它不紧不慢的步子
让日渐稀少的诗人
感到了莫大的安慰

野兔

秋天是肥硕的季节，因为经过了三个季节的储备，将最为丰腴的汁液都注入到了这个时刻。

动物都变得肥硕起来，以便迎接严寒的到来。毕竟，在一个冰封的季节，食物来源是最大的难题。小到一只麻雀、一只野兔，都是如此。

说起兔子，其实人们并不陌生，稍微有过乡村经验的人都饲养过兔子，当然是家兔。

兔子长长的耳朵，一定是进化过程中造物主给予的特别安排。对一只柔弱的、处于生物链末端的兔子来说，食草、活命、繁衍后代一定是生命中最为重要的任务。为了躲避可能的危险，它一定要聆听一切可以听到的声音，它恨不得拉长再拉长自己的耳朵，以便侦听到所有的危险，然后奔命！是的，奔跑成为兔子活下去的最后的方舟。

我奇怪的是，从野兔到家兔，人类也经过了漫长的岁月，不知为何它的长长的耳朵并没有退化，变成老鼠一样的耳朵？

我们小时候主要是饲养长毛兔，白白的、披着一身雪白绒毛的长毛兔是我们的最爱。放学回来，第一件事就是去采摘树叶喂兔子。定期拔毛，送到回收站卖钱，然后年终的时候将成兔卖出，换回大把的零用钱贴补家用。

与现在的人们饲养宠物兔不一样的地方在于，清贫的我们更多的是依据经济规律与兔子发生关系：或者相敬如宾，或者相爱相杀。兔子用自己的存在，为我们的童年提供了足够的想象空间。

无论是动如脱兔还是守株待兔，无论是狡兔三窟还是兔死狐悲，进入文化视野的只有野兔的身影，家兔仿佛一团不存在的空气，不见了踪影。

野兔与人类一直共生共存，它不像家兔那样直接存在于人类的生活当中，而只是偶尔走进人类的餐桌，那是当它成为美味的时候。大多时间里，它依然是天敌口里的食物，维系着千万年来的生态平衡。

所以，死于意外的野兔，当然绝对是一个意外，比如寓言里撞在树上被农夫捡走的那只兔子，以及被车轮带走生命的野兔，都值得用文字来记录。

秋天的早晨，我驱车赶往位于山北的济南市。在牛山口附近，一辆黑色奥迪车呼啸着超过了我，风驰电掣般向前飞去。

说实话，在这条路上往返了 8 年，除了货车司机之外，没有人比我跑得更快。这辆超过我的车，显然是一个高手在掌控。

好强的念头促使我紧紧跟在这辆黑车的后面。就在一个拐弯处，右侧树丛里突然惊起了一只野兔。只见它高高跃起，冲出树丛，然后横过马路，试图穿越而去，不料“嗵”的一声撞在黑车的后轮上，然后躺在了马路中间……一切都在瞬间完成。

我紧急踩下刹车，并打了一把方向盘，让过了这只受伤的野兔。由于惯性，车子冲出去十几米后停了下来。

而此时，前面那辆车已经绝尘而去。

这是一只黄褐色的野兔，浑身充满了动感的力量。它的耳朵竖起，眼睛里透出一种痛苦和绝望。它的后腿不由自主地抽搐着，破开的肚子露出一团肠子……

我知道，就是扁鹊在世，也无力回天了！

“阿弥陀佛！”我虽然不是一个佛教徒，但看到这样惨烈的场面，内心受到强烈的刺激，忍不住双手合十，脱口而出。

“早去早托生吧！”我冲着地上的兔子看了最后一眼，立刻上车，开始追逐前面那辆黑车。

我有过把它捧到路边掩埋起来的念头，但是一个更大的想法涌了上来：我要追上前面那辆车，为这只野兔讨一个公道。直到这时我才明白，为什么看到第一眼，我就把那辆车叫作黑车了！有时候人的直觉，是可以直达事物本质的。

我愤怒的原因在于，当野兔跳上路面的时候，前面那辆车没有丝毫的刹车动作！作为一个司机，遇到险情的时候，出于本能，也应该有刹车和避让的动作，也许这样做并不能改变什么，但是你的这一脚刹车，会让你从道义上得到解脱。人生有无数不可预料的结果，但是我们却可以释放出自己的善意，释放出我们对生命的珍惜和怜悯，这可以让我们与动物划清界限。

我决定追上前面那辆车，我要逼停他，指着他的鼻子狠狠地冲他吼叫："你杀死了一只野兔！你为什么不刹车？为什么不刹车？你这个凶手！"

这是一段盘山公路，每个弯道都几乎是一个半圆，一个套着一个。我在愤怒中飞奔着，比野兔还要迅疾。

结果会怎么样呢？多种镜头在脑中闪动，我丝毫没有停止追逐的念头。然而终究没有追上他……

泰山上一只野兔死去，和它一起死去的，是那些不可理喻的恶。

我的朋友事后指责我没有掩埋这只野兔。我无语。或者，它柔弱的生命，已经被我用一种特殊的方式，隆重地埋了下去。

来历不明的松鼠

动物的存在，一直是一个谜，为什么有的可以生存到这里，有的却无法生存？

企鹅之所以生存于南极，是因为这种飞不起来的鸟，只能躲避到伤害最少的地方去。西南大山里的孑遗动物——野生大熊猫，也一定是因为这样的原因才逐竹而居吧。

生存的自然法则让这些物种选择了不同的地方，而这样的选择，却带有无可奈何的意味。

2018 年 3 月 20 日，对普通大众来说，没有什么意义，但是对动物保护人士来说，却是一个黑色的日子：地球上最后一头雄性的北方白犀牛"苏丹"（Sudan）因为疾病的原因，被执行了安乐死。从理论上来说，除了还有两头雌性的北方白犀牛活着，这个物种的白犀牛已经在自然界中视同灭绝了。这也是我们亲眼看到的物种消失的过程。由于媒体的强势传播，人们终于清晰地看到了自己的朋友们是怎样一步步走向灭绝的。

地球上每天都有 75 种物种在灭绝，每 1 小时就有 3 个物种被贴上死亡标签。很多物种还没来得及被科学家描述和命名就已经从地球上消失了。而近年来，物种灭绝的迹象愈加明显。地球不是人类独有的地球，而是所有物种共有的一个逃生舱。人类如果不注意自己的行为，很可能就在这个生态中因为失去自己的伙伴而孤老终生。

我所知道的就是，截止到 1996 年，泰山没有任何濒危动物，或者，所有曾经濒危的动物已经消失了。

2017 年秋天，我追逐一只来历不明的松鼠时，突然对这个物种产生了莫名的冲动。

车子沿着山路行进时，路旁跳出一只金黄色的小松鼠。它似乎前腿短、后腿长，走起路来一跳一跳的，十分可爱。它的尾巴大大的，拖在身后，像一把关公的大刀。

我放慢车速，跟着这个可爱的小家伙，看着它在前面蹦蹦跳跳，后面的大刀似乎在做出“禁止追尾”的手势。

我的脑海里一万幅画面闪过。我记得《泰山大全》里记载过，在泰山啮齿类动物里面，从来没有松鼠这种动物。也就是说，在 1995 年该书出版之前的数千年间，泰山是没有松鼠的。但是，这只不上山不爬树，却沿着公路与我“飙车”的小松鼠却出现了，它一定是负有某种使命的。

恰在这时，对面来了一辆车，小松鼠受到惊吓，突然改变了奔跑的方向，转身向着右侧的山上跑去。

据说松鼠进入泰山有两个渠道：一是传说泰山北边的某个野生动物园曾经饲养过不少松鼠，后来逃脱了，回归了泰山，渐渐变成了野松鼠。还有一种说法就是，许多放生之人从城里的宠物市场买了松鼠，然后在泰山上放生，结果导致缺乏天敌制约的松鼠规模迅速扩大。自2012年开始，网络平台上频繁出现摄影爱好者抓拍到的照片，有魔王松鼠、欧亚红松鼠，还有黄山松鼠等不同的种类。周围村民种植的核桃等经济作物开始受到侵害，松鼠连吃带采，农民的收成几乎减半。

然而从动物的角度来看，这样的结果是令人欣慰的。不管怎么说，松鼠终于从宠物变成野生动物，从处于人的控制之下，变成虽然疲于奔命，但可以自由自在地生活。是泰山上丰富多样的植物，帮助松鼠实现了这样的身份转换。

我见过各种各样的放生。在泰山的溪流之中，两个女士提着两条硕大的鲤鱼去放生。由于天气炎热，早已经习惯待在水塘深处的鲤鱼，被放生在浅浅的自然流动的溪水中，不一会儿就翻起了鱼肚，飘在水面……这样的放生无异于杀生。

一个物种的侵入，必然会引起当地生态的波动，然后产生再平衡。澳大利亚的野兔事件，就是一个惨痛的教训。

四面环海的天然屏障使得澳大利亚的物种比较单纯。20世纪，殖民主义者为了在狩猎时增加乐趣，从欧洲带来了17只野兔，在农场放养。由于野兔有着惊人的繁殖力，又缺少天敌的制约，澳大利亚的兔子急速繁殖，数量不断提升，100年间野兔增加到了100亿只，草原被兔子吃得干干净净，成为一场灾难。他们研制了各种灭绝野兔的疫苗，但是由于野兔不断产生抗体，疫苗很快失效，野兔的数量也一次次地增长。最后，澳大利亚动用了轰炸机向兔子投放毒气弹，才把兔子消灭掉。

物种的消失固然令人痛惜，但是这个教训也告诉我们：异常物种的侵入也会是一场灾难。

泰山上来历不明的松鼠，到底能给泰山带来什么样的变化，目前还没有公开的评估，但是以“放生”这样的方式引进物种，一定不会是最佳方式。

但愿时间能够开启自动阀门，让物种的产生归于平和与安宁。

喜鹊飞去的方向

喜鹊变成一支支箭镞

射向家的方向

这首诗赋予留鸟喜鹊一种新的含义。喜鹊，同麻雀、乌鸦同属于一目，也是鸟里最聪明的一类。

乌鸦反哺，羔羊跪乳，这样的现象早就被古人发现，并写入了经典书籍，成为教化人心的经典故事。鹊站高枝、鹊桥相会，这样的文字也将喜鹊所带给人们的欢乐尽情展现。

泰山有 128 种鸟类生存，虽然数量很多，但是大多散落在泰山无穷无尽的山林田野、水库河边，以至于我们常常忽略了它们的存在。更有许多鸟是候鸟和旅鸟，只是固定在冬季、夏季或者春季出现，于泰山，它们是一群匆匆过客。那些泰山的常住居民——留鸟，一年四季出现在我们的视野，无论春夏秋冬，总是和我们相聚在一起，因此在感情上，才更觉得这是自己的鸟，内心总有一种割舍不断的感情。

与喜鹊同一科的还有灰喜鹊、秃鼻乌鸦、大嘴乌鸦、黑乌鸦、寒鸦等，都是泰山留鸟。我从泰山穿山去济南的路上，总要在海拔 100 米到 700 米的山谷与山峰间穿梭，道路两边的树上，有各种各样的鹊在飞翔。

只有喜鹊，可以从低洼的田野飞到高海拔的山林间筑巢建窝，而那些灰喜鹊和乌鸦们，则大都生活在低矮的田间乡村，高山上很少见得到。

每到秋冬之际，寒风渐起，吹落了树上最后一片残叶，泰山便进入了冬眠。每天除了一成不变的太阳从东面升起到西边落下，就是偶尔的风打着快马，吹着口哨，整齐划一地切开天空，把明亮的天空搞得昏暗。

这时候，连大地都放下身段进入冬眠，唯有黑白分明的喜鹊，两两结对，一前一后地飞过，它们的嘴里衔着枯枝。它们迎风飞翔的样子，笨拙而坚定，将一根又一根的枯枝运上高高的枝头。

想象一下这个场面：山路蜿蜒曲折，一辆甲壳虫似的车子在路上蠕动。路两旁高大的杨树、柞树和松树上，有鸟儿飞过。鸟儿们黑白分明，无一例外地衔着比自己身体还长的木根，奋力飞向树梢……车驶过，它们不为所动，风吹过，它们依然故我，只有在放下嘴里的树枝时，才能腾出嘴巴来，发出喜悦的叫声。

把巢建在高处，建在远离地面的地方，是喜鹊的本能。站高枝，其实也是鸟类为了躲避可能的伤害而形成的一种习惯。喜鹊建巢位置的高低，其实反映了这种灵鸟对自然的感知。如果当年雨水太大，它们就会将巢建在高处；要是天气干旱，雨水较小，它们就会把巢建在比较低矮的地方；如果当年的雨水不大，平缓，喜鹊们一般就只会修补旧巢，不会弃旧建新——这也是一棵树上会有好几个鸟巢的原因。

同别的鸟不一样的是，喜鹊选择了与人类共同生活的模式。所以，越是深山老林，就越少见喜鹊的踪影，越是乡村田野、公路两侧，就越能见到喜鹊搭建的圆形窝巢。几千年来，当越来越多的鸟们面临绝迹的时候，喜鹊却能与人类和平共处。

我几乎每周一次往返于山中，所以每次见到路旁的喜鹊窝，就有了一种动画般的跳跃膨胀感：一棵光秃秃的树上，突然有了几根树枝，突然又大了一些，突然就肥硕了……没过几周，一个近乎圆形的巢就建成了。

我们和喜鹊各自生活在自己的空间里互不干涉，我们的时空和喜鹊的时空，只有在这条路上，才有了交汇。我已经认可了它们的存在，只是不知道我们在喜鹊的眼里是什么？不管是什么，从几千年来它们不离不弃一直选择和我们相邻而居，就可以知道，它们也是认可我们人类的，它们对我们没有敌意，是信任我们的。

正因为有了这样的基础，当我看到路边低矮的树上有一个硕大的鸟巢时，内心会产生巨大的安慰；而看到喜鹊把巢建在高大的高压线铁架上时，内心也会涌起深深的失落。

宁愿选择钢铁而不选择树木和人类，是因为受到过不为人知的伤害吗？它们是因为内心缺乏安全感，才放弃了千万年中进化而来的习惯，选择了冰冷的高压线杆吗？或者是被蛇伤害过，被风吹落过，被人伤害过？总之它们选择了更高更远更坚硬的铁，选择了冰冷和孤独。高大的铁塔远离地面，风吹不动，能给它们带来更多的安全感。

每次行驶在盘山道上，看见箭镞一样的喜鹊舒展翅膀射向远方，就会想，那里必定有一个村庄，有一棵大树，有一个用粗陋的树枝扎起的温暖的家。

家，故乡，这是中国人内心最隐秘最柔软的地方，它随时会引起太平洋一样的激荡——不管你身处北极还是南极，也无论你身在喜马拉雅还是潜水在马里亚纳海沟，这个词都会激荡在你的胸膛。

泰山上，两只喜鹊飞过，击中了所有人的目光……

信

春天万物生长，修哥也如窗外的花草，打开成长的欲望。

唐娇娇是修哥班上一个漂亮的女孩儿，男生女生都很喜欢她。当然了，女生的喜欢里面有一点酸酸的感觉，不像男生那样单纯，喜欢就是喜欢。

周日一早，修哥趴在书桌上写了一封信，然后问妈妈要香水洒上。妈妈告诉他，那不是香水，是驱蚊水。修哥大咧咧地抽抽鼻子："没事，真香！"

爸爸还在书房睡懒觉，修哥爬上爸爸的床，捏捏爸爸的鼻子，抠抠爸爸的耳朵，终于弄醒了爸爸。

"爸爸，我写了一封信，在里面包着。"

爸爸睁开蒙眬睡眼，看见修哥手里有一团纸："是写给我的吗？"

"不是啊，这是写给我们班唐娇娇的！"

"写了些什么？能告诉我吗？"

"不行不行！这是我们的隐私！你们大人就别管我们小孩儿的事了！"

“那好吧，我不问了，你们自己的事情自己处理吧！”爸爸装作漠不关心的样子，翻身又睡去。

“爸爸，别睡了！”修哥一边拍着爸爸，一边摇着爸爸的肩膀小声说：“我把秘密告诉你，一定保密哦！”

爸爸从被窝里伸出大熊掌，和修哥击掌为誓：“好，保密！”

打开了裹着的两层彩纸，从里面掉出来一张红色卡片，上面方方正正地写着这样几个字：

唐娇娇：

Wo ai ni!

修哥

爸爸没有任何思想准备，这几行字如同闪电一样晃了他的眼睛，让他不知道说什么好，便搪塞道：“写的什么啊？我不认识拼音。”

“你别装了！”修哥大声地说，“这是拼音字，我爱你！”

“咳咳——”爸爸干咳了几声，“修哥你的字现在写得越来越好了！难怪作业要得 A+！爸爸小时候也给同学写信，不过那个时候，我们写的都是诗呢，我们写好了信，既不寄出去也不送出去，而是放在心中，就像一颗种子一样。我们把种子埋在心里，让它发芽、长大，然后结出好多好多的果子，就像我们看见的秋天原野里的柿子树，满树都挂着红色的铃铛。当风吹起来的时候，果实就会发出悦耳的声音，叮当，叮当，仿佛在说：喜欢！喜欢！”

“每一颗种子都是一封信，把它种下去，你就有更多的收获。”修哥似懂非懂地点点头，“可是我不会写诗啊！”修哥惋惜地说道。

“你会啊！只要你心里想写，你就会成为一个诗人！”

“这，我们小孩不知道。”

“没事的，长大你就知道了！这是我们的秘密，我们谁也不告诉。把这封信藏起来吧！”

修哥把信藏到台灯下面，结果台灯摇晃起来。不安全！还是放到爸爸的枕头底下吧！这里很安全。

“当你喜欢她一次的时候，就给这封信加上一层纸，这样信就会越来越厚，温暖的种子总有一天就会发芽的！”

修哥找来一张彩纸，把信又包裹了一层。

春天到了，所有的种子都会发芽。七岁的修哥坚信不疑。

第三辑　夏日的草莓

林中的蘑菇房子有一人多高，松鼠和刺猬把洞开在向阳的方向。每天晚上，月亮出来的时候，夜风就摇动叶片，音乐响起来，婴儿在摇篮的枝头睡去，女歌手拿着一颗草莓开始发自心中的歌唱。

西望玉米地

一种力量在猛烈地叩击我的笔锋，我知道这是玉米的力量，它正穿过遥远的距离望着我，并用一种无言的力量督促我记下这些金黄的词汇：玉米、玉米！

我是在收割之前到达玉米地的。这是秋天最辉煌的时刻，丰满的日子在这时已经被期待紧紧地包裹，一种新生的喜悦挂上高高日头的顶峰。大豆如饱满的音符炸响在秋天，紫色的喇叭花簇拥起一个盲目的歌手，大雁像树叶一样开始了浪漫而深沉的迁徙，所有的一切都预示着秋天的抵达。

玉米在这一刻铺天盖地地立在大平原上。

这是泰山下的大平原，这里的平原同所有的平原一样，有着触手可及的质地：饱满、母性，有一种清淡的香气扑鼻。我相信，还有一种更为凝重的神韵令人们去思索、去品味：泰山在远远的地方矗立着，在平原和地平线相交的地方，把它的雄伟与天空挽在了一起。

而玉米就整整齐齐地站在平原上，远望泰山，头顶太阳。

好大的叶子呵！每一条玉米叶都展开一道黄色的闪电，尤其当风走过时，那种干燥的闪电便“一”字样地闪现开去，形成千军万马奔腾不息的壮观景象！

玉米秆怀揣着一个又一个硕大的成熟直立着，整整一个季节的奔波使它显得有些憔悴，可它那一穗穗灿烂的果实却显得如此年轻且富有朝气。

西望玉米地，我被大自然这种新陈代谢的转换过程深深地感动着，当我背离年老的父亲而远远地赶到这里时，内心深处正被这种勃勃生机而深深地激荡着。

然而这已是收获前最后一个日子了。

开镰了，闪亮的镰刀在阳光下飞快地舞着，犹如一群盘旋在秋天的银鸟，骨头和金属的撞击如同一首和谐的赞美诗，空气中飘动着起伏的虫鸣，安详的天空用蔚蓝色把大平原紧紧围在中央！玉米成片地倒下，成熟的玉米在空中翻着一个又一个幸福的跟头，鲜红的阳光把血色毫无保留地抛洒在地！

是谁在空中呼喊着口令？是谁向着这空旷的大平原发出了威严的口令？我看见一种声音在空中雷霆般的扫过，所有的玉米在口令下整齐地卧倒，并献出整整一生的童贞。

老去的老了，而年轻的已经降临！

大平原已然空旷，泰山下的大平原是如此寂寥和空旷。站在大平原边缘，我甚至产生了一个豪迈的念头，我想揪住大平原的一角将它掀起，我相信平静的大平原必定会在倾斜中重新选择平衡的支点。

收割之后就开始烧秋了。

卸下果实的秸秆静静地躺在地里，被均匀地铺展开来，仰对着西斜下去的太阳。火点了起来，一群群浓烟上升起来，仿佛季节的白色翅膀；火焰紧紧贴着土地直立起身子，把向上的热情展露无遗；宽大的叶子在烈焰的亲吻下快活地叫着，平整的土地上空飘动起沉重的召唤，整个大平原闪现出一种壮观的景色。

烧秋了！饱吮了土地精华的玉米在远离土地的时候，把自己的身躯重新交还给土地，一尾茅草在地头微微地摇着，它被这生命的烈焰吸引得不能自持。我站在土地的边缘，为这种动人的过程感动不已，我觉得老父亲正在远远的地方呼喊着我："回家吧，回家吧！"我摇摇迷人的幻觉，听见烈火中的玉米秆独语着："回家了，回家了！"仿佛老父亲正背对秋天走向黄昏。

落日在玉米地头辉煌地沉落。

夏日的草莓

夏天在白色遮阳帽边沿滚动着，城市的边缘，两个女孩子迷失了道路。哪里可以找到草莓？明姑娘个子高挑，她把大眼睛微微眯起，对着太阳瞄了瞄，然后用手一指：南面！向阳的地方才会有草莓。

果然就有一股浓郁的气息扑鼻而来。明姑娘油亮的肤色，泛着健康的色彩。一只红喙鸟从天空中划过，“草莓鸟”！一直沉默的盲姑娘突然叫了起来，声音透着阳光的质地。这时候，明姑娘也看到了这只飞过头顶的小鸟。

“两个姑娘被一只鸟带领着，走向一片白杨林中。”盲姑娘向同伴讲起了老祖母的故事，“林中的蘑菇房子有一人多高，松鼠和刺猬把洞开在向阳的方向。每天晚上，月亮出来的时候，夜风就摇动叶片，音乐响起来，婴儿在摇篮的枝头睡去，女歌手拿着一颗草莓开始发自内心的歌唱。”

“那是一个神奇的地方吗？”明姑娘瞪大了好奇的眼睛。

“不神奇。那里的泥土同所有的地方一样黝黑而且肥沃。你听，难道你没有听到一种声音在引导我们吗？”盲姑娘用手捧起温热的阳光。

明姑娘也听到了这种召唤，一缕一缕，在心中回响着，像两片纯粹的金属发出的撞击。

“我们怎样才能找到这个地方呢？”一走出城市，明姑娘就失去了辨别方向的能力，她放开盲姑娘的手，任她指引方向。

“跟我走吧。老祖母说过，只要心中默念‘苑庄’，像呼唤父亲的名字，我们就能找到草莓。‘苑庄’是草莓的故乡。”盲姑娘说完脚下生风，仿佛生出了一千双眼睛。

天空愈发明亮起来，一粒一粒晶莹的阳光像剥开皮的种子，闪动着成熟的温香。树枝愈发高大起来，两旁的麦子一垅一垅整齐而又随意地挺起身子，透明的风开始穿过夏天到达这里，空气渐渐染上了清纯。

“当你的声音没有回声时，你就到苑庄了。”盲姑娘红扑扑的脸上耀动着诱人的光泽，她的声音异常魅人。“让我们呼喊苑庄吧！”盲姑娘黑色的衣袖上扇起一朵漂亮的山花，两只蝴蝶围绕着它舞动着。

“苑庄，我们到了吗？”盲姑娘独自喊道。蝴蝶落在了她的衣袖上。

“苑庄，苑庄，我们到了吗？”明姑娘跟着喊道。巨大的寂静，仿佛天空消失了，3 秒钟后，一只布谷鸟在远远的林中突然叫响，“布谷，布谷”，声音雄伟嘹亮，瞬间世界又恢复了躁动。

盲姑娘眼中一阵潮湿，好像母亲把热吻留在了眼窝。明姑娘觉察到了盲姑娘眼中那道闪动的光亮。“真美！”她不由自主地说道。这时，她们脚下早已青春芬芳，露珠挂满了嫩嫩的叶子。

“鲜红的草莓原本是人们对上天的许诺。老祖母说过，人在洪水中曾经许诺：‘爱护我们的家园，直至永远。’天空中太阳鲜红，一大片草莓就这样诞生了。”盲姑娘用额头环顾四周，“炊烟已经升起来了，那是在为我们显示方向。”

忽然，一种怪诞的声音从远处传来，紧接着一只黑色的东西旋着飓风横冲过来。“双面兽！”盲姑娘大惊失色，老祖母说过，双面兽又叫善恶兽，它集善恶于一身，善极使恶，恶极使善。它的到来不知会带来些什么。

果然，天空只在瞬间就聚起了千万层乌云，雨水像开了堤的大河滚滚而下，雷电扶着长长的利刃从天空直刺下来，水漫了起来，整个世界陷进了无限的水中。

一切只在瞬息之间。明姑娘被眼前的情景惊呆了。“救救我！救救我！”她的眼睛被雨水狠狠抽打着，适应了光明的眼睛被突如其来的黑暗弄得手足无措。盲姑娘安静地谛听着。习惯于黑暗已不再感到黑暗，盲姑娘心中一片透明。

“苑庄，既是人们的家园，又是草莓的故乡。”老祖母从遥远的地方对盲姑娘说着。姑娘忽然顿悟了：“苑庄，苑庄，拯救我们吧！”盲姑娘话音刚落，雨顿时小了下来，天空开始放亮。

然而雨季终究还是来了。绵绵小雨一直不停地下着，鸟声被浇灭了，麦子把沉重的头埋进泥泞，道路被水流带走，唯有一片茫茫的原野，在雨水中兀立。

“草莓已经腐烂了！”盲姑娘哭了起来，她知道在她们到达之前，雨水已毁坏草莓——那些人与自然达成的默契。

“再也没有什么草莓了！”明姑娘伤心地喊着，“再也没有草莓了！”明姑娘对着原野哭泣。

“苑庄还在，草莓还会有的！”盲姑娘擦着失明的双眼，喃喃自语，泪流满面。

“苑庄还在，草莓还会有的！”老祖母擦着失明的双眼对姑娘们讲着。明姑娘、盲姑娘围坐在祖母膝前，听着古老的故事，心中充满了幻想。

秋天之约

秋天划着美丽的半圆来了。这是泰山的秋天。细细算来，我已经等了整整 39 个年头。

今年的日子与往年没有什么不同，时间的步子丝毫没有放慢，花照常开，水独自瘦，零零星星的秋虫依旧高声唱着简约的爱情。流浪的织女星又急急忙忙地赶路，要去找她自由恋爱的牛郎；喜鹊们远离了凡尘的树梢，在高高的天上搭建爱的桥梁。

我坐在寂寂的汶河之阳，看流水，听风声，掰着手指细细计算你的归期。

那是你吗？我听到你的裙裾悉索拖地的声音，我看到白垩纪的化石在涌动，好像你苍白的身影；沉入大海复又隆起的泰山见证了沧海桑田的轮回。我无言，身后的泰山亦不语。你划着美丽的半圆赶来，远在星空的距离之外，我就感到了你那凌厉的步伐！

这是怎样的一块土地啊！有人在世纪之外仰视太空，用玛雅人的细心计算着四季的脚步；有人抬起巨大的石头，把棺木建成展翅欲飞的金字塔；还有无数的歌者背对太阳，高声吟唱大地的赞美诗，把岁月折进羊皮或者厚厚的竹简……

黄菊、桂花和着月亮的节奏展开歌喉，大声唤着南归的翅膀。包孕万物的秋天，成熟毁灭的秋天，划着美丽的半圆凌波而至。

一个遥远的声音在呼唤，在诱惑，我好像走进了生命的秋天，去赴一场早已注定的前世之约。

没有人能看穿一切，包括你脚下的一草一石。

被石头包裹的玉石，沉淀在时光的甬道；被岁月打磨的玉石，压抑着太多的沉重。有谁会为一块小小的石头投去关注的目光呢？可是璞石知道，它是一颗被石头包裹的玉石，它只活在自己的心里。

这是怎样的一种孤独与寂寞？在无数的秋风与雨季里，绵绵的思念积聚起来，成为玉石高贵的期待。没有可以诉说的地方，唯有坚硬的岩石、粗糙的岁月，成为玉石剔透晶莹的唯一理由。当玉石划破夜的黑暗照亮空洞的时空，有谁能从中找到自己的影子？

玉石不会在秋天成熟，诞生的时刻已经决定了它只能是灾难的宠儿。

而植物是秋天的最后看客。草本的根留在大地，像留在母亲怀里的最后一丝依恋；柔弱的生命向着时间之神屈下谦卑的身体，依靠每年一次的死亡获得永恒；木本的树木和根茎，被折来折去变成时间祭台上的祭品，只有远古的银杏、红豆杉，凭借偶然的机巧躲过毁灭性的打击。适者生存的残酷与偶然的巧合，造就了生命的奇迹与无奈。

我是这个世界上的一粒尘埃。我姗姗来迟的生命包含着太多的必然与无奈，诞生在泰山下不是我的选择。我错过了来泰山封禅的 72 位中国先帝，又坐失了聆听孔孟夫子讲学的良机，甚至我面前的这条大汶河也不是先人们踏入的同一条河流……所有的一切都在流动中逝去，唯有四季的变化，如此亘古不变地存在着，注视着每一个匆匆过客。

秋天与我们每个人都有约会，它划着美丽的半圆，像刀锋，像圆舞，走过我们的身体，只是有人感觉到了，有人却浑然不知。

阳光下

无所不在的阳光展开卓绝的身姿，深入到每一个角落。我的身边，气息浓烈，惬意的日子扑面而来。

令我时时感动的场面，总是以不变的姿态出现。那是一个遥远如梦的场景：黄昏暮霭中，老祖母安详地坐在小竹凳上，满头银发闪着橙黄的颜色——那是阳光的颜色。她就这样静静地坐着，仿佛千古以来就是这个不变的姿势。祖母的膝旁是一只黑色的手杖，悠悠的岁月锃亮了它的表层。手杖旁是一只小小的竹筐，老祖母的双手正剥开一枚枚翡翠般的豆荚，竹筐里就盛满泛着青春气息的青豆。

这个画面无数次地在我眼前闪动，以至常常令我怀疑这个场景的真实性。我出生在湖南，4 岁以前一直生长在那个距韶山冲几十里路的小镇上。此后我便回到了祖宗居住的北方，在泰山的影子里默默地生活。我不知道这是童年中对祖母残存的记忆，还是我对生命的某种猜想：有一条河在她的面前缓缓地流着，把一河碎日点染得多情而且安详。

我时时想象可以跨过河去，去捧住老祖母的双手，把那种超然的淡泊紧握。

一个电话令阳光为之战栗。在中原某地的一个学术交流会上，与会者正侃侃而谈。我的同事——一个年仅 39 岁的青壮男子突然被命运点中，他先是倏然立起，在安静的会场中那么突兀地立着，几秒钟后，用手紧捂胸口，像一堵坍塌的城墙轰然倒下。心肌梗死！倒下去便再也没有起来。

那一刻，我正在办公室赶写一篇文章，蓦然间，我仿佛听见太阳落下一块鳞片。我抬起头，茫然四顾，却什么也没看见。窗外的人们正在那里匆匆行走，丝毫没有人注意到这块鳞片落地时的声响。

从此，每当我深入地去怀念去思考时，我总是能够听到尘嚣之外发自生命本身的声音。柔弱与坚强同时存在于生命之中，我常常想，哪一种才是生命的本真？是面目慈祥，在夕阳下剥着青豆的老祖母，还是忙于直尺与公式之间，手捂胸口猝然倒地的身姿？或许这两者对于生命有着同等重要的意义。

仍然记得那个早晨太阳初升时的颜色。凌晨两点，我被一阵急促的敲门声惊醒，朋友的妻子要生产了！当我们四个年轻人用肩膀扛起一副沉重的担架时，我只想起一个流行的句子：今夜星光灿烂！一句美得令人心颤的句子。沉重的担架压在肩头，我却被夜空中那一片永恒的星座所吸引。灿烂的星光！我由衷地赞叹着。尽管我朋友的妻子盖着厚厚的棉被，却挡不住那新生命顽强的隆起！黎明之前，我们终于赶到了医院，当我卸下肩头的重负时，一点儿也感觉不到红肿的肩头所承担的压力。

孩子诞生了，我发现这时候太阳刚刚升起，整个天空被一片生命的色彩染红。

生命！我对着自己默默地说着。我感到这是对创造的奖赏，更是对生命本身的庆贺。

我时常在太阳下观察一棵大树，观察大树上那一群忙碌的蚂蚁。它们把洞穴安在深深的地下，采摘、储藏、繁衍、生息，它们在阳光下微不足道却轰轰烈烈地活着。

活着，生存着。阳光之下，生命展开卓绝的身姿，深入到每一个角落。

蝉蜕

夏天来临的时候，孩子捧着字典问我：“叔叔，蝉是什么呢？”

“蝉是夏天的声音。”

“我为什么从没听到过这种声音呢？”

“夏天就要来了，孩子，你会在夏天的枝头上，听到蝉的歌唱。”

孩子在我的怀中睡去了，枕着我的许诺，飞翔于蝉鸣的梦乡。我不知道我的话是否会成为一个美丽的谎言，但我在内心已经暗暗地祈祷过百次：让夏天的歌声响起来吧！为了孩子，为了这些怀抱字典而且渐渐长大的孩童！

我曾经多么热衷于捉蝉啊！童年的时候，当立夏踏着农历姗姗而来时，在地下已经沉眠了上千个日夜的蝉虫被惊醒，他们穿着古铜色的盔甲，挥着两只梦幻般的大利钳，挖掘着，日夜不停地挖掘着，以便赶在这个盛大的节日前，打通通向光明的甬道！

傍晚时分，当夕阳刚刚歪过头去，蝉虫们便在树下的泥土中打开了一个小小的瞭望口。大自然的气息猛烈地灌了进去，蝉虫们贪婪地吮吸着。它们在黑暗中已经等待得太久了，它们在深深的等待中无时无刻不在想象着这种自由的呼吸。树梢和阳光对于它们简直就是生命的全部了，然而它们还必须静静地等待一会儿。它们在黑暗中生活太久了，以至于无法面对阳光，只有从黑暗过渡到黑夜，经过星光的柔波，夜风的抚慰，经过最后一场肉搏，用自己的利剑杀死黑暗中的自己，然后才能脱壳而出！在死之中诞生的蝉展开透明的双翅，接受晨露的洗礼，变成了夏日里阳光的哨音。

早一天爬出，便意味着晚一天死亡！蝉们相互鼓励着，隔着厚厚的土层，寂寞而不停地挖掘着，要赶在最早的时候爬上树梢，一展嘹亮的歌喉！于是，整个夏天不再寂寞，整个天空下面，便处处有了透明的歌唱！

童年多好，矢车菊的笑脸次第绽开在童年的发梢；奔走的天真跃动着无邪的畅想；采一束歌声绾在胸前，装进书包，听祖母抖开一百年前陈旧的新鲜故事；让父母把贫穷但却温暖的叮嘱挂满全身，上学去了！

学校就在林子旁边，就在蝉的身旁。坐在严肃的课堂上只需稍稍分神，就可以听到蝉在急切地呼唤着我；而我随随便便地伸手一抓，就可以握住几段忘情的歌唱。

于是，在蝉鸣中我们长大，在阳光的亲吻下我们背井离乡，远走天涯。

而今许多年过去了，我们已经长大的孩子抱着字典问我们：蝉是什么？

蝉是什么呢？我也一遍遍地问着自己。在我离开童年的时候，童年的树枝开始萎缩了，河水变瘦了，雨水也更加反复无常了。我们不知道这个变化是否意味着某种启迪，也不知道人类赖以生存的自然是如何远离我们而变成一种遥远的背景。我猜想，一定是我们的某种过失或者贪婪惹恼了自然之神，才使我们失聪于夏天，才使我们失去了童年快乐的梦。

不知为何这个夏天出奇的炎热。干旱的魔掌抛下千万条绳索，把龟裂的土地紧紧缚住。树木成片地死去，大群的飞鸟也由于灼热而自焚于阳光的火焰。雨啊！雨啊！所有的生灵都张开渴望的触角，仰望着蓝得不知深浅的天空。

夏天早已来临，可天空仍没有一丝云彩。雨啊，雨啊！所有的生命都仰望天空，渴望着清凉的琼浆。夏天悲哀地喑哑了，没有一只蝉能爬上高高的树梢。

孩子坐在树下，看着天，看着字典，盼望着明天的大雨。雨水过后，蝉虫们就会被冲出来了！孩子呆呆地坐在树下，听着风儿掀动树叶的声音，好像雨水流过时弄出的哗哗声响。

在孩子的视线之外，一只隔年的蝉蜕高高地挂在树梢，金壳之内，空空如也……

而我仍然坚信，雨夜之后，会有一只蝉虫爬出洞穴，升上高高的天空，然后，亮出它孤独的长鸣。

猎枪·狐狸·麦地

你还记得我们读过的那篇日本童话吗？我们称之为《猎枪和狐狸》的故事：在茫茫的北国四月，一个年轻的小伙子扛着他的猎枪进山了。我们都猜想过，他是挺着年轻猎手的骄傲进山的，那天的太阳，也因为他的自信而格外明亮。

你知道，我也是这样走向苑庄的。

本来，我是仰慕泰山“五岳独尊”的大名而来登山的。在我穿过几千年的文化长廊，从山脚达到岱顶，又从岱顶回到起点时，一个根雕展览吸引了我。在众多艺术品中，我看到了一只拙朴的狐狸直立着，手上拄着杆猎枪。我仿佛置身在童话世界中。我还看到了一个既像母亲又像庄稼的根雕造型，一株硕大的玉米从中部丰满的突出。面对这些天然的杰作，你简直不能区分哪些是生命的，哪些是非生命的，你会感到每一个疤痕都呈现出和谐的魅力，每一条曲线都凸显着隽永的活力。

是这些木质的根改变了我的行程。

我清晰地记起了那篇童话：年轻的猎手走到一片白桦林的旁边，白桦林的树干像银子般闪亮；枝叶发出玛瑙的声音；空气托着两片摇篮似的落叶缓缓走动着；一千只鸟在树上唱着一千零一支歌，唯一相同的是都是美妙的曲子。

一只火狐狸出现在猎人的视线里，在林子的尽头。猎枪从年轻人的肩上滑到手上，就在猎人瞄准的时候，猎枪在他的手上无端地跳了几跳……

我的心就这样跳动着。站在苑庄的阳光里，我明白我不可能带走什么根雕了。这里的一切都是那么自然、朴素和不可分割，无论是泥土的小路，还是流汗的太阳。荆棘的根深深拥进土中，只留下一簇绿色的谜语；远处的黄牛背着犁，在遥远的木刻画里蠕动着，安详而平静；偶尔传来的拖拉机马达声也极其柔软，像老父亲轻轻捻动胡须时惬意的呼吸。我听见自己心跳的声音。在空旷的原野上，我庆幸自己来到了这里。动身之前我扔掉了所有的行李，只带来一颗干净的心。

你知道这里正是四月的天气，整个季节被露珠打磨得晶莹欲滴。所有的一切都遵守着某种默契，好像所有的叶子都为了茎秆而存在，每朵花蕊都为了春天而开放；每个转瞬即逝的场景，也仿佛是为了无边的和谐而设置的小小伏笔。当我逐渐深入苑庄的时候，大片大片的麦地出现在我的周围。这是一种非同寻常的进入，超出理性的范畴。一株株麦子排列着，像构成宇宙的基本元素。它们以这种非常的方式进入我的内心，促使我认真打量这身体之外的空间，并第一次真实地拥有了这原本就已存在的麦子。

在这个瞬间，我已经把无用的语言弃置在广袤的麦地里了。

……那个因追赶火狐狸而误入密林的猎手，陷进了金黄色的桔梗花田。在花田旁边，一个小小的“桔梗印染店”里，美丽的店主穿着火一样的衣服，脸上洋溢着万般娇媚。

“放下猎枪，染红你的十指吧！”女子神秘地说着，言语中有一种不可抗拒的力量，“你可以得到心爱的东西。”猎人把枪递了过去，并用染红的拇指和食指交叉成了一个菱形小窗。他看到了早已去世的母亲坐在树下缝衣，槐花落下来，染白了母亲的头发。夭折的小妹妹抬起头来，低低说着：“哥哥，家。”

泪水涌了出来，猎手喃喃自语：“家，家……”红衣女子也叉起了她的小手：“这是我的妈妈，我的家。”一只老狐狸坐在白桦林中，母性的忧伤透进了小窗。猎手记起来了，这是他去年射杀的狐狸。这个时候立在地上的猎枪突然变成了一棵白桦树，准星开成了一朵喇叭花……

是什么打湿了我的前胸？坐在麦地中间，我听见一个温柔的声音：“放弃之后就回家吧。”我看见一只自由的鸟正贴着麦梢盘旋，它那双明亮的眼睛反映着似水的柔光。

我知道我已经进入到麦茎中间，我感觉到麦子依次走过我的身边，弯下腰吻我的指尖，一会儿工夫，我的十指发烫，并闪出一圈圈神圣的光环。我叉起了自己的手指，经过短暂的、一生那么长的时间，有一颗太阳的种子出现在菱形的小窗里。随着麦香的起伏，一会儿是母亲慈祥的面孔，一会儿是硕大无比的麦粒。最后，在绿色太阳风的吹拂下，我看到温馨的土壤在聚集，种子闪动着金光扎下根去，茎秆飞快地长出并直立，树枝舒展，像情人和母亲召唤的手臂……

我至今不知道苑庄之行究竟是真实的还是在梦境中。我的双手时时散发出麦香，并且在菱形小窗中变换出最美丽的场景。我知道无论如何我也不能随意去洗这双手了，我不会像那个走出密林后误洗十指的猎人一样懊悔一生的。我的朋友，你在遥远的城市里，是否会像我一样每天叉起自己的手指呢？

我只是为未来担心，远离苑庄之后，是否会有一场猝不及防的暴雨，打湿我这双麦芒之手？

寻找苑庄

当20世纪末那场战火染红海湾半个天空时，我正踏上寻找苑庄的路途。我知道，即使不是冬天，我也不能够很快找到这个神秘的地方，何况，许多先行者捎来一个又一个口信，告诉我天涯路远，也许苑庄只是一个从来不曾存在过的地方。

然而我终究还是上路了，在远离海湾和阿拉伯语的地方，我开始了蓄谋已久的寻求。

你要相信这样一个神话：形成于20亿年前的太古代，成长于3000万年前的新生代，文明了5000年的华夏第一山——泰山，在数千年的历史中留给人们一个丰富的文化宝库。有目共睹就失去了神秘，只有考古学家未曾注意到的地方，才更具有研究之外的价值。泰山南麓一个古代遗址上，几个似字非字、似画非画的图案给好奇者留下了遐想，经人辨认，似为先人遗迹："苑庄，混沌脐，元气聚"。为着这样一则传说，不知多少代人死于寻找之途，或因力竭，或因焦虑，或因绝望的重击。

我试图从地图上找到一点线索：苑庄，这是一个充满慈祥与平和的名字，它的每一个发音都有着巨大的磁力，使我在默念这个名字的时候，眼睛明亮，身体放松如婴儿，每一根发梢都有种欲飞的神韵。感觉告诉我，苑庄是一个家园似的地方，我必须依顺着心的指引，才能找到这个地方。

我首先来到传说的尽头。站在泰山之巅，收集着来自天宇和内心的双重信息，我放形于山间，放浪于云端，我把自己交给被云雾笼罩的世界，我开始融化于这山中的每一棵草、每一片树叶。庄生梦蝶，蝶梦庄生，佛从一朵莲花上升起……

游遍泰山的每一个角落，我仍然无法体验到那种贯穿于胸的浩然之气。

放弃对于仙山的探求，我走向田野。尽管冬天麦苗们蜷伏于地，可是太阳仍洞穿厚厚的寒冷投射下来，带着金色的光亮。土地被一块块整齐地梳理起来，在农人的手中，就像是一群等待出嫁的姑娘。老人的衣服半旧着，但厚实而温暖，他或蹲或坐在阳光的地头，听着太阳落地的声响。只有最富有的耳朵才能听到这种纯粹的天籁之声。他平和地吸着烟，把鸡和牛放养在房屋外面，任他们自由地走动，从来不用篱笆和绳索禁锢他们。

经过这样的地方时，我怀疑是否走到了陶潜的故乡，可是我随身携带的收音机却时时提醒着我：这是公元日历中最令人难忘的一天。

在地球的某个部位，一群飞机正俯冲扔下成千上万吨火药，海湾里浮动着褐色的石油。我听到播音员正对着一只挣扎在油污中的海鸟倾注着怜悯的感情。

战争的烟灰正从地球的中部扩散到每个地方，包括我脚下这一方平静的土地。

阴历的钟声响过去了，新的一年开始了。我在泰山以南的广袤土地上，仍进行着细致而坚韧的寻找。你不必知道我是怎样在旧历的炉火前同人们一起守年夜、迎新年，也不必猜想我是如何破冰垂钓、在大汶河的冬日里重温各种神话，在我所经过的地方，都有平凡的事情在发生，都有奇迹在出现。虔诚的耕种，普通的收割，光秃秃的田野上转眼就是遍地粮食；汗水在土地中飞快地发酵，醉人的液体从感恩的眼中涌出……这些都是非常真实的场景，你只要在蓝天下闭起你的眼睛，就会被这一派祥和的气氛和劳动的热情所感染。

我不知道还有什么能比平静的劳动更有魅力！汗水摔在泥土中，被干旱的土地吸收，被植物的根吸收，然后经过茎叶和太阳的孵化，在某个清晨轻轻升上天空。这是一个动人的过程，它所诠释的意义使我对宇宙之间那些纯真至善的灵魂，那些生生不息的生灵感到了一种由衷的敬意！

这是我站在一个叫作“苑庄”的村庄里所感受到的一切。这里没有古时候的任何遗迹，没有岩画、石刻以及任何陶片，更没有什么传说可以佐证这里是混沌初开时“元气聚”的地方，只有大片农田带给人们一种原始农业的梦想和感触，只有大束的阳光被鸟儿的翅膀驮下来，落在绿绿的叶子上，好像农人长长的手臂。面对这样的景色，人们能够深深地感受到人与自然之间那种亲密无间。

或许，这里并不是传说中的苑庄？无休止的寻找已经使我放弃了对表象的验证，我开始相信瞬间的闪念所带来的有益启迪和暗示。这时候，远离我们的一个布满石油和沙漠的地方，战争早已经停了下来，但战争的硝烟仍然像黑色的幽灵一样压在人们的心头。我在寻找苑庄的过程中，一个名字时常在我的心中隐隐作痛，它或者叫“苑庄”，或者叫生存。

古寺·银杏

“你要什么，西比尔？”孩子问笼中的女先知。

“我要死！”西比尔回答。

——题记

是谁在一遍遍问：“你要什么？”又是谁在一遍遍地回答：“我要死！”

微风吹起来了，五月的风，带着花粉和生命的微风，慢慢地卷起来，在天空中掠过，像一只巨大无形的手掌。

一切皆因为有缘！一种神秘的力量在冥冥之中感召着我，驱使我踏上去白马寺的山路。

白马寺因何得名已无从考证，但是可以肯定，它与河南洛阳的那匹白马并无亲缘关系。白马寺坐落于泰山东南约50公里的群山环抱之中，因年代久远，古寺在当地颇有名气，特别是寺前有一棵古银杏树，1300多年来，始终枝繁叶茂、果实累累，为世人称奇。

山路两旁都是山，山上都是灰青色的石。似乎绿色的梦只能在梦中才会出现。

终于来到一个三面环山、一面临河的山坳，仿佛天地间的灵气都在此聚集了，漫山遍野不再荒芜，取而代之的是一片郁郁葱葱！

“曲径通幽处，禅房草木深”，所有美好而玄妙的想象都整装待发，要面呈这座千年古寺。可是寻遍整个山坳，除了一块今人所立的“白马寺”的石碑之外，怎么也找不到寺庙的踪影。仔细一打听才知道，我站立的地方，正是白马寺大殿的废墟！

原来白马寺早已经不在了！原来白马寺只是一座有名无实的古寺！

仿佛应了佛家的偈语：无即有，有即无。

空旷的广场上，只有一棵古银杏树展开古朴的绿荫，把废墟轻轻拢在阴影之中。

“相看两不厌，只有古银杉！”一句改头换面的唐诗跳入我的脑海。

相传很久以前，山坳中落下了两粒银杏的种子，不知道是随风飘来的，还是日月天地之精气幻化而来的，两粒种子落地后长成了参天大树。300年后，一僧人云游至此，看中了这块风水宝地，于是劈山建寺，遂有庙宇，迄今已经千年。古寺地处新泰、泗水和平邑三县交界处，自古以来香火十分旺盛，方圆百里的善男信女都要来奉上一炉香火。悠悠千载之后，这座古寺竟然衰败了！唯一不衰的是寺前的那棵银杏树。

银杏树本是古代孑遗植物，有活化石之称。它雌雄异株，颇有灵性。古寺前面的两株银杏树原本是雌雄各一的，不知道何年何月，雄株竟不辞而亡，只留下雌株。直到现在，这棵银杏树每年仍然硕果累累。

“没有雄株授粉，它怎么能结果呢？”我好奇地问。

“离这里40里之外有座古镇林泉，镇上有棵雄银杏树。每年春天，微风吹起花粉，飞越几十里路，这株雌树因此授粉而结果！”

听到这里，我仿佛被击中一般，竟愣愣地不知该如何反应，我为银杏树顽强的生命力而震惊！

“你要什么？”我耳边又响起一遍遍的询问声。

“我要死！”我听见银杏树在耳边坚定地回答。我看到穿过岁月跋涉而来的银杏树祖露出丰满的柱头，我听见她对着太阳轻轻说着：“我要死！请先给我花粉！”风吹起来了，生命的花粉在风中激动地舞着，从几十里之外赶来，从千古之外赶来，来赴这场生命之约。

我看到雌性的银杏树在风中幸福地战栗，那丰满的柱头一次次对着太阳张开……

这是怎样的一瞬呵！雄性的太阳，生命的种子，母性的坚韧与温柔，以及穿透时光的欢乐，仿佛是生之狂欢死之盛典，大自然在这一刻把生与死的奥秘向着所有的生命洞开……

当我从幻觉中醒来重新面对这棵银杏树的时候，就像面对自己。我相信这银杏必是生命中的一个句号，她以自己的存在向人们诠释着某种宿命，传达着某种永远无法言说的幸福与悲哀！

然而古银杏只是沉默不语，她站在18米的高度俯视大地，平静地厮守着古寺，守着一个永恒的名字。

听说白马寺是在1975年才消失的。当时，古寺办成了一所“革命大学”，几十名学员每天都在这里学习革命理论。某天课间休息时，大殿在毫无征兆的情况下突然坍塌了，教室里的桌椅板凳教材书籍统统被埋掉，却慈悲地没有伤着一个人。

这难道是一种什么象征和暗示？难道佛的发怒也是一种宽宏和大度？

一座古寺倒下了，消失了，名字却留了下来。

一座古寺倒下了，毁掉了，比它更古老的银杏树却依然存在。

这难道包含着某种意味深长的东西？

死在佛教中被称为“涅槃”，是万物轮回的一个环节。

死在基督教里是解脱，是赎罪之后升向天堂的必经之路。

我听见孩子在问女先知西比尔：“你要什么？”笼中的女先知回答：“我要死！”她义无反顾的坚定令我战栗不止。

我看见生命的美丽和悲哀同时升起，白马寺前，那仅存的银杏树已高过天空。

止水

“金黄的落叶堆满心间，我已不是青春少年。”是谁，是谁在秋天的深处轻轻叹喟？那种寂寂无声的隐痛，竟然穿越了俄罗斯的上空，直达我的内心。

是你吗？叶赛宁，你这行吟大地的歌者，你这百年孤独的浪子，是你在百年前的秋天低低絮语吗？

早已过了手挽鲜花歌颂爱情的年龄，当日子如一串串轴承啮合着，日复一日依照惯性蠕动着，当生命被日复一日升起复又落下的太阳清点着，成熟——这枚干涩的果子便像一顶高悬的帽子，被无形的大手操纵着，戴在每个人的头顶。日子踮着脚在河边走过，日渐成熟的我们开始收拾盘中的残棋，在河边坐成一潭止水。

这波澜不惊的风吹过11月抵达我的窗户，连同昏昏欲睡的阳光。阳台在16米的高度俯瞰人世，那熙熙攘攘的繁忙，那灯红酒绿的醉梦以及清贫的只有诗书做伴的少年时光，都在16米的底部远远滑去，唯有太阳睁着一只老眼，冷冷地注视着自己的疆域，注视着黑夜之外广袤无垠的大地！激情大潮般褪去，梦想和憧憬往往只在睡梦里才偶尔闪现一下，随即便消失得无影无踪。偶尔传来一阵阵激越的钟声，令人为之一震，侧耳听去，才知道是远处某个工厂正敲打一段废旧的铁轨，催促它的工人上班去。褪了色的年龄，定格在39岁的停摆之中。

这仿佛是一个漫长的世纪。于是，我翻开尘封的笔墨，写下这封没有读者的信。

这封信，也许永远都无法寄出了，我只记得收信人的容貌，却永远无法找到地址，更无法写出名字。当青春在一片白杨林中滑落，那失去的，便是一段永远无法追回的历史，一个无法走回的梦。

为什么记忆常常在沉默中打开发酵的酒坛？为什么夜梦会在幽幽的星光中迸放美丽？在爱情消失的地方，是谁的手打开了一朵又一朵鲜红的花蕊，使冷冰的心飞上树梢，去采摘那一朵飘过的云？

是你吗？是你的手在翻开11张年画的掩盖，让一潭深深又深深的止水变成一腔激荡复激荡的海潮吗？

11月的阳光随着秋叶落满大地。我俯身阳台，遥遥眺望，听着雷鸣在远处滚过，听着丰满的期待走过。错过了春天，难道还要错过秋日？我怀揣少年的落叶独步于秋天的白桦林。那个不期而至的相逢，将是生命再次绽放的顶峰。

我期待。

错过

那分隔我们的，竟是这一道不经意的错位！我举头望天，看着夜色中那不知名的星星，正眨动着嘲弄的眼睛。

为什么，一道篱笆，竟能把我们齐齐隔开？天高地远，没有人会在这样的时候倾听我的独语。

风在一旁跺着脚，一阵紧似一阵。几颗不堪重负的流星划过夜空，一头栽向不知深浅的黑暗。

我是履约而至。深夜时节，落叶缤纷，我踏着寒夜赴约，用我的心，用我的青春岁月。我避开人流、灯光、城市，避开可以干扰我们的一切，在郊外，在田野，就这样静静地等待着，等你赴约。

浪漫与古典的情绪，早就在19世纪远离了我们，罗密欧与朱丽叶似乎只在孑遗的歌剧中留下石化般的刻痕。我这20世纪的等待，是否有太多的做作或表演成分？我不知道，可我只是为了一睹你的芳容，只为了在夜深人静的时候，去唤醒我对你那久久未动的情怀。

没有人相信，这是一场无欲无求的相见，甚至，在我动身之前，我还不敢肯定。但是，当夜色铺满我的脚步，当晨露沾湿我的双眼，我知道自己已经在星空下，完成了一次无意识的蜕变！

像灵魂脱壳，我已经放下沉重的外壳。

只有夜，才能给我如此轻松的感觉。纯净的夜，远离尘嚣的透明之夜啊！

我不敢想象，如果没有你，这世界会是什么样。我目不转睛地望着，想着，怕由于眨眼而错过与你的相逢。那玄虚般的夜空中，真的掩藏着无数的奥秘吗？那一簇又一簇、一颗又一颗神秘的星星后面，深藏着怎样一段时光、一个故事、一个无人知晓的秘密？我静静地关闭我的嗅觉、听觉，只让眼睛大张着，我怕你的不期而至会让我禁不住惊叫起来，我怕那声音会惊飞这 33 年才一遇的梦。

偶尔，一颗流星被风吹落，在夜幕中划过长长的亮痕，从我们的生活中永远地失去，就像过去的好时光。每当这时，我的心都会紧一紧，像一个压得很紧的弹簧，我害怕那咚咚作响的心跳会突然释放出压抑太久的热情。

我听到时间咚咚作响地走过……

然而，终究没有来，这场狮子座的流星雨。在我们约定的时间，她早已不知去向！同一片天空下，她竟然就在我的面前匆匆而过；同一个宇宙中，她踏着自己的脚步悄然离去，却把所有的遗憾留给了钟情于她的眼睛！

她走了，在时光的另一个节奏里，甚至不知道有一双最痴情的眼睛，在这里苦苦等候；她走了，在正午的阳光下，与我擦肩而过的时候，才真正让人懂得什么叫作错过！

我不是天文爱好者，更不是科学家或者追星族，我只是一个骨头里都长满了爱的情种，是这个世纪最后一个爱情诗人。

33 年后再见！我挥一挥手，不带走一片云彩。

蝴蝶

很久了，我一直在等待这样一个瞬间：蝴蝶从地上冲天而起，那漫天遍野的绚丽，令人产生莫名的战栗。

蝴蝶，正是“蝴蝶”这个神奇的词汇，带我走进了爱情的故乡。

童年是扶着传统的手臂走上台阶的。对蝴蝶最初的认知，竟然不是在自然界的花丛中。它源于母亲的口述，源于古老的传说，源于梁山伯与祝英台凄美的爱情。母亲也许是时光隧道中的一个黑衣使者，将一点一滴的历史用平和的语言做着模糊的却又极其深刻的描述。

蝴蝶是什么呢？故事的开头，这样的问题是无须回答的：蝴蝶是两个人的灵魂（母亲用的是“魂儿”，灵魂是文人们爱用的词语）。蝴蝶是一个叫梁山伯、一个叫祝英台变化而成的。在母亲的语言中，传说款款走回了那古装的时代：同样的蓝天下，同窗三载的一对书生，在亭台十八相送着，他们脚步缓缓，时间的碎片随着秋天的落叶飘落。他们相挽而行，仿佛整个生命都因为分别的忧伤而凝固。

偏偏有一个愚钝可爱的书生，面对爱情的脸红竟茫然不知，就像我这个 6 岁的孩童，永远不明白爱情与蝴蝶的象征意义。

当然悲剧就乘虚而入了，当一切都不可追索时，爱情便会同死亡握手。在一道闪电划破天际时，祝英台哭喊着扑向她的爱情，中国式的爱情。

而永恒则是以后的事情。

许多年之后，一个多情的少年郎总爱在旷野之中寻觅，他相信白色的是梁山伯，黄色的是祝英台，那双双起舞的蝴蝶，总是在这种纯真的时代，多愁善感地向着青草与鲜花走近。

这种薄如蝉翼的文化，沿着血脉这条最短的路径传递着，从母亲到儿子，从儿子再到孙子；无数个关于蝴蝶与爱情的故事演绎着，丰富着文学与传统、戏剧与人生。

这种孱弱的情感，是否有必要由我继续传递给我的子孙？而我真的又可以阻止这种绵延不息的传递吗？所幸的是，我接触到了另一种文化，另一类真实的生命。

这是不知何时何地读过的一篇小文章。在美国，一个善于冒险的国度里，有一对登山运动员夫妻，他们平时总爱一起攀缘高山峡谷，他们把每一次的攀缘都当成生命力最直接的迸射。这种毫无功利的攀登，这种典型的美国式运动，常常令功利世界措手不及。

危险是乘着死亡的翅膀飞来的。

在一个数百米高的悬崖上，身在上方 20 米左右的丈夫不幸失手坠落，他像一只受伤的蝴蝶那样被险恶的悬崖抛下来。就在他掠过妻子身边时，意想不到的事情发生了：妻子叫着丈夫的名字，像一只蝴蝶一样腾空而起，飘向自己的丈夫，然后他们在空中紧紧相拥，拥抱着自己的爱情与梦想，急促地向着深渊落去……

多么壮丽的腾空啊！那一刻，血红的蝶一样的影子，便无声地刺向死亡，从而达到了寂静的永恒。

这种美国式的自由落体，以另一种悲剧，诠释着爱情丰富的含义。

为什么美丽总要选择凄凉的蝴蝶？为什么爱情总要追随悲壮的死亡？这像是老母亲的设问，你只需思索，而不必回答。

守候

日子在古老的日晷上慢慢划过。多年以后，他的记忆里面，仍然是那个巨大的青铜色的金属，在阳光的浇灌下独自缓缓地锈蚀着。

山下，他不知道为什么叫这个名字，也许在无意识中，他感觉到的是山对他的压力。山上是仙境，住着神仙，而山下才是凡尘，是人居住的地方。

每个人都无法选择自己的出身，就像你无法阻止爱的到来。这时候，山下感觉到自己的心被烫了一下，他知道这是汉语的力量，是情感的温度。

他是山的儿子。在这片埋葬着自己祖先的古老的地方，山成了他们的图腾，人成了山上的蚂蚁。无数达官贵人穿过古老的竹简走远，无数张丝帛翻过千年的史册，甚至5000年前新石器时代的墓葬里，也有这座大山上的石头打造成的石锛和石斧作为随葬物品。

他总是像山一样沉默着。有时候，他的宽容也像这座山，在日月的辉映下，慢慢地剥离。

他常常感到沧桑和衰老。

就像山的隆起一样不可思议，他在茫茫的人海里，知道了水的名字。从一个地方到另一个地方，最重要的不是山水的转换，而是山与水的交融。智者近山，仁者爱水，这是孔夫子2500年前说的话。他总是感觉奇怪，现代科技的发展使得每三个月就出现一次大的技术革命，可是孔夫子说了2500多年的言论，现在仍然放射出智慧的光芒。

看来，永恒的不是什么真理，而是寻找真理的心。

山下就这样在他的生活里，感受着生命走过时留下的种种痕迹。

水也许是江南的，也许是西北的，总之她远离山的生活，但又和山下的生活如此的密切。在时空的经纬交错点上，他们竟然如此的接近。一切只缘于文字：这种毫无功利的东西，柔软，却往往有着无可比拟的力量，跨越了地域概念里的千里之遥远，让人走近。

如此陌生却又如此熟悉，如此遥远却又如此接近。风吹过了四季，平静的日子里充满了守候。

另一种阳光在天空中照耀，那是因为你的心改变了。太阳从诞生的时刻起就这样耀目，丝毫没有变化。同样地，是流水一样的生活冲洗了积淀，日子开始清新起来。

水是那种柔软的感性的女人，一篇感人的文章，就会让她泪流满面。每当想到这些的时候，山下都会闻到一股淡雅的清香从远远的地方飘来，似栀子花开，又好像女性柔媚的体香……

你在期待什么呢？山下自问，总感觉明天的明天会有什么奇特的事情发生，总渴望枯萎的枝头会再次燃放璀璨的光华……在一个又一个黑夜，山下的歌声显得如此沧桑和凄迷：

张开夜色透明的思念
我细细数着时间
流水轻轻叩打门扉

是谁打湿我幽幽的眼睛

早就错过花开的季节
却又在花落的时候扬起歌声
推开身上厚重的岁月
我和我的梦一起惊醒

我爱
是什么划过苍白的天空
是你的眼睛还是我虚空的灵魂
在孤独等待的长河岸边
我坐成了一尊千古化石
……

这就是如水一样的期待吗？水声夜夜流过天空，在高不可及的地方，思念也一天天生长，好似无法抵御的春天在勃发……

“你是我的梦吗？”山下自问。

“不是，我就是你生命里的命定。”水在远处幽幽地流动，叮咚叮咚的声音像是冲破时间的回应。

“可是我怎么无法把握你的存在呢？”山下追问。

“我就在你的脉动里，在你的呼吸里。”水从心跳的间隙里探出头来，奇妙的温暖散发开去……

推开自身的大门，是不是就可以回到朦胧的最初、永恒的起点？山问水，水亦这样问着山。

这样的感觉终于让山下相信，一切都是缘于命定。大山一如既往的雄伟，而因了这样的爱和梦想，山下开始了日复一日的守候……

第四辑　玻璃孩子

石英在这里便袒露了自己。它们在烈火的感召下，放弃了自己的最后一点儿杂念，在热浪中熔化、升华，然后在一个晴朗的天气重新出走，成为一方纯净无瑕的玻璃。

玻璃孩子

让我来讲一个故事，一个关于玻璃的故事。许多人在许多年前就已经历过了，可现在，这故事仍然投射出一千种美丽。

一个孩子在清晨来到原野，那是大自然最美丽的时分。清晨的光线披着一层绒状的光洁，轻盈的脚步把整个田野鼓荡得激动不已。孩子张开稚嫩的臂膀，像一株太阳花那样摇着，一种静谧的气息悄然而至。

“玻璃啊，玻璃啊！”孩子喊了起来，声音传出很远很远，仿佛撞到了玻璃之上，又从遥远处渐次返回，“玻璃……玻璃……”，声音荡漾着。

孩子兴奋起来，他被自己的声音所蛊惑，挥舞的手中便有了一种光芒在闪动。

太阳升起来了。

孩子是从唐朝或者更为久远的年代走来的，或者他就与我们同时代。他聚集了人类的一切特点：幼小、善良、过于天真，甚至还有某些不太实际的幻想。他对一切伤害都过于敏感，他是一个没有长大的孩子。但不是说他因此就软弱，其实幼小并不是软弱的同义词，即使在每个幼小者的身上，也蕴藏着无法估计的能量。这一方面源于生命本身的张力，另一方面源于善良和爱的巨大魅力。

孩子就这样来了。他越走越近，以至于我能清晰地看到他的面目，看清他手中握着的那块晶莹透明的玻璃。

我敢说这绝不是什么通灵宝玉或天然水晶，而是一块实实在在的玻璃。至于是否被唐朝的李贺敲击过就不得而知了，但它的纯正、它的透明，以及它咄咄逼人的光芒使我坚信：它是一块真正的玻璃！

“玻璃！”孩子轻声地说着，他说这话时，眼睛熠熠闪光。

“玻璃的故乡在哪里？”孩子对着每一张陌生的面孔发问。

他似乎并不需要回答，径直从我们中间走过去，仍然自言自语：“玻璃是否会照亮所有的道路？”

就这样，我跟着他的身影一路走去。远方的朋友，让我向你讲述我所经历的一切。

原来玻璃并非天然的结晶，所有的玻璃都是从石英中演化而来。在寂寞的地层深处，石英似一群潜伏深深的精灵，紧紧地融进石头中间，把自己生命中的每一个细胞、每一种元素都掰开来并细细揉进去，使自己成为岩石的一部分。于是，石英和岩石交融在一起，它们支撑着大地，便也成为大地。

这是我们所共知的事实。

还有一部分石英像所有地狱中的生命一样，生活在一种极度压抑的空间。这里有洪荒之前的灼热，这里有毁灭一切的魔鬼般的神力，在地球内部，它们以岩浆的渴望随时随地都在寻找着出口，并时刻梦想着覆盖这个世界。

这是石英的另一种存在形式。

还有一部分石英，便是那种优秀的分子了，它们纯净、洁白，或者以其他纯粹的颜色聚集着，它们团结的构造使得自己具备了承受一切苦难的秉性。这部分石英通常被人们十分珍爱地挖掘出来并送往太阳的熔炉。

石英在这里便袒露了自己。它们在烈火的感召下，放弃了自己的最后一点杂念，在热浪中熔化、升华，然后在一个晴朗的天气重新出走，成为一方纯净无瑕的玻璃。

玻璃来自童话的故乡，来自梦和力量的故乡。玻璃有着坚强的力度，它的坚强可以承受一切压力；玻璃有着透明的眼睛，它的透明可以穿透黑暗而达到阳光的高度！

玻璃诞生的过程，其实蕴藏着超脱苦难的艰难！

“可是，玻璃是多么易碎啊！”我的前面，孩子正手捧玻璃深深地叹息着，他说话时的神情正好映照着一堆破碎的玻璃。

多么易碎啊，在身边，在随处可见的地方，玻璃破碎着，化为无数片细碎的晶体，像滴滴永不干涸的泪珠。

孩子在前面走着，他的背影幼小却充满了真情。我紧紧跟在后面，生怕被他抛弃。

“霜降了！”他回过头来说，天空中果然泛起一层淡淡的白霜，树上的叶子瞬间变得金黄。

他手中的玻璃依然那样闪亮，就像我们第一次见到时的那个样子。

“善良的玻璃碎了。”他说，“可玻璃永远是玻璃！”说完孩子转身走进了手中的玻璃，然后不停地走下去。

远方的朋友们，这就是我所讲述的故事。我相信，你们一定会从身边的人群中找到这个玻璃孩子。

五彩河

那山太高了，据说站在山上，就可以看到东海日出。在整个华北大平原上，那山就像块巨大而突兀的石头，非仰视不可望其项！

河水就是从山上流下来的，弯弯曲曲流了几十里，到苑庄的时候已经细成了一根线。细归细，却总也不断流。千百年来，但见爷爷入土，孙子成了爷爷，那河依然淡淡地流着。

由于久远，关于河就有了许多传说。早先年间，有一个探宝的南方人游经此地，被这里的风水所吸引。他逆流而上，在大山的一个悬崖上发现了玄机。探宝人在悬崖的水流较缓处挖了一个酒盅大小的洞，然后离去。每年的大年三十夜里，他都要来此，从洞中取走满满一盅金子。

那个探宝人临死前将这个秘密告诉了他的儿子。儿子看酒盅大小的洞实在太小，便贪婪地将洞挖成了墓穴一样大小。第二年，除了一堆沙子，他什么也没有得到。

这个故事被老人们传了一代又一代，既为贪婪者可怜，又为这条河庆幸，毕竟因此才保留了满河的金沙和风水。

河水经由此地，流向了更远的地方。有人说是注入了湖，有人说是注入了海，但不管怎么样，苑庄因了这一河清流而人丁兴旺。“好风水呢！”老人常常捋着胡子陶醉着，日头在他身后升起复又落下。

这河清澈而又明亮，两岸的柳树沿河数十里，远远望去，柳绿水清，真像是梦中的景致。更远处，是一望无际空旷寂寥的平原，玉米齐刷刷地绿遍天涯。为什么这样一条河要叫五彩河呢？好奇的孩子常常会这样发问。

其实，五彩河是故事中的一条河，五彩河的颜色因了神话的色彩而绚丽多姿。

据说在每年的农历六月，河水因为季节的改变而日益宽泛，水质却不会因雨水的增加而有丝毫浑浊。须晴日，光线媚人，气息氤氲，在静静的河面上，人们会发现一层五彩的光晕！

这便是天地孕育的灵气！这便是庇护人们生存的神仙的踪影。

五彩河由此而得名，也由此被人们蒙上了一层神秘。多少年来，这灵光就一直半隐半现地存在着，非大贤大德之人不可见到。据说，三国时东阿王曹植曾留下名诗《驱车篇》，内有“五岳专其名……上有涌醴泉，玉石扬华英……”的句子，这醴泉所涌，当是五彩河之发端了。七步成诗，下笔有神的“建安七子”，是凭借其诗才得以窥见五彩河的面目的吧？

又说千年前这里出过父子双状元梁灏、梁固爷俩，在中国历史上绝无仅有，其祖先早已在此河上窥见过五彩河的灵光。

“灵光现，圣人出；灵光显，厄运到！”每当五彩河的灵光出现的时候，不是五谷丰登便是灾难临头，不是圣人出现就是皇帝驾崩，所有的解释对五彩河都失去了作用，千百年来，神秘的五彩河只在神秘中流淌不息。

然而，谁也没有想到，这河又一次闪现出五彩斑斓的光！

那是一个淡淡的黄昏，夏日的太阳疲惫地西沉，仿佛已经不堪亿万年的重负。那大山依然稳稳地坐在大平原上，成为这条河的一个永远不变的背景。

一个孩子放学归来，沿着石头砌起来的河岸默默走着，他那孤独的思索状与他小小的年龄极不相称。孩子的目光低垂着，好像要洞穿地球的厚度。突然，无意中的一瞥，他发现河面上掠过一丝五彩的颜色！

孩子惊呆了！他不相信自己窥见了这个古老的传说。他一遍又一遍地沿河岸来回走着，好像要证实这个发现。

天渐渐黑了，夜色像墨一样笼罩在孩子的头顶，他害怕极了，背着书包飞快地跑回家去。

秘密便在黑暗中保护下来。

第二天一早，孩子又急忙赶到了河边。旭日下，河面上果然闪过一丝若有若无的色彩。两个早起晨练的老人似乎也发现了这个秘密，他们对着孩子低下头，急忙走开了，好像怕别人知道似的。

这一天，孩子旷课了，他一整天都坐在河边。看着满河的五彩，他似乎嗅到了一种淡淡的芳香。孩子看到，所有发现这个秘密的大人彼此之间都不说话，心照不宣地对望一眼，然后急急走开。

第三天，越来越多的人涌向河边，对着满河的五彩欢呼鼓噪，仿佛在等待奇迹出现。只有孩子静静地远离人群，望着满河的五彩发呆。他已经发现，那种芳香的气味越来越浓重了，好像要穿破五脏六腑。他感到一阵透骨的寒意。

第四天……

第五天……

人们渐渐发现了这五彩的不同。人们也渐渐被刺鼻的味道所震动。

难道是油？难道是油污？望着满河漂浮的五彩，一种灾难的氛围渐次散开……

夕阳下，人们对着大山下林立的工厂远眺，呆立的身影像一片杂乱无章的墓碑。

一条河缓缓地流着，一条神秘的河，一条生命的河，一条即将死去的河……

白桦林

这是多么忧伤的日子。雪白的原野上，白桦林忧郁地站立着，看着风儿从林间穿过，看着雪从身旁飘落。

多么孤独的白桦林啊！连一片叶子都没有了，土地供给了它们青春和绿色，又在每一个冬天将这种绿色剥夺。白桦林只能以无限的静默来对抗可怕的孤独。

孩子在摇篮里安静地躺着，不知是否听懂了母亲的低语。远离北方的潮湿气体缓缓地包围过来，令人感到痛彻肺腑的忧伤。母亲坐在摇篮旁，双手不停地忙碌着，一团线从手中温柔地流泻出来，纯粹的棉花纺成的线，像北方纯净的雪。母亲的目光一刻也没有离开摇篮，孩子躺着，因此他能够在这束温情的目光中感受情感的流动。年轻的母亲像个老人那样絮絮叨叨，讲一些十分古老的故事。

白桦林一定是孤独了。在黑山白水之间，树是唯一的“土著”了。所有飞翔的鸟禽、奔走的野兽，都是白桦林中普通的居民。会有一只鸫鸟非常笨拙地点缀在古朴的树梢，把冬天的雪景装饰得朴实且黑白分明。

也会有一只松鼠捧起散发香气的松子，来回不停地蹿动，像滑动在琴弦上的手指。这里的天才真叫天呢！随便从空气中抽出一根来都是剔透晶莹的啊！还有那打着口哨走过的风儿，简直像撩拨心扉的小虫啊！白桦林默默地静立雪野，真有一种超凡脱俗的气度呢！

转过白桦林，沿着一串脚印找下去，就会发现一个木屋，那些宽大木板搭成的墙，远看就像一棵棵大树。木屋的顶端有一个很高的烟囱，暖暖的烟雾慢慢升起来，把温情播在静静的四周。

那里就是家了。

父亲出远门了。一大早，他背起猎枪，带足了饭，牵着狗走进深山。他总是那么闲不住，他怕寂寞的大山太寂寞了，于是用猎枪去给大山做个伴儿。

母亲还在絮絮叨叨地讲述着，潮湿的空气渗了进来，摇篮中的孩子眨了眨稚气的眼睛，好像听到了白桦林中那一串不知名的鸟的鸣叫。孩子的脸上浮出一种淡淡的微笑。母亲坐在摇篮边，用脚摇动着，口里不停地唱着“小丫丫，小小小……”。母亲的眼前闪动着一团火光，那是北方罕见的一场大火！白桦林在火海中化为一阵轻烟慢慢飞去，只留下一片黑色的记忆。母亲的眼睛开始湿润。

那白桦林一定是孤独了，在雪的原野上，会有谁来陪伴这片白桦林呢？

孩子在摇篮里恬静地睡着了，枕边落满了母亲淡淡的忧伤。

桑

这是期待的那朵白云吗？桑儿撩起汗水浸湿的长发，随便地望了一眼。湛蓝湛蓝的天空上，点缀着几朵棉花云。白云团被微风用一根细绳牵着走，婀娜的步姿透出一股难以言传的风情。

“像蚕一样柔呢。”桑儿想着，又抬头望了一眼天。

一大片桑林轰轰烈烈地绿在白云下面，桑儿走在中间，像一片叶子融在了林中。采桑呢，桑儿对着白云说话。那云不知是否听懂了，像蚕一样蠕动着，慢慢地消失在远方。

桑亭亭地立在地上，泥土的底蕴丰富在青春的枝头，数度春秋，桑已像母亲一样披满绿叶了。

桑说，我是为蚕生的。

桑说，我是为白云生的。

桑儿穿过浓密的林子采桑。每天早晨，叶上滚动的露珠是桑儿手中的珍珠。好清脆呢，桑儿说着，用纯净的耳朵去倾听两颗露珠的撞击。蚕是露珠的精灵，难怪蚕这鬼东西长得丰满欲滴。桑儿暗自笑了起来。

她笑起来的时候，太阳就在东边脸红了。

蚕是吃桑长大的，蚕宝宝从小要经过四次蜕变，要在桑叶的清香中死过四次，才能变成真正的蚕宝宝。雪白的身子，即使是在黑暗中，那雪白也会像利剑一样夺人双目。桑儿喜欢蚕，喜欢这种古老的毫无抵抗力的虫子。桑儿用手指蘸着口水，一笔一画地写着“天虫”——蚕。还天虫呢，柔软无骨的天虫！桑儿用柔柔的口气嗔着。

桑儿每天采桑，看着雪白的液汁流出，心中便充满了哀伤。“她流泪呢！”桑儿一遍遍地想着，却又无助地一次次去采摘着，直到把篮子装得满满的。

桑儿的篮子很大，是荆条编成的，柔韧的荆条被刀劈开，经过穿梭变成了篮子，荆条的生命就在篮子上延续。桑儿用大篮子盛桑叶，绿绿的叶子就整齐地卧在篮里，像一群等待献身的战士。

真的像牺牲的战士，桑儿胡乱地想着，被自己的想法打击了一下，情绪有点低落。桑叶离开桑枝时流出了白色的液体，很浓很浓的，不带任何杂色，是泪水呢！桑儿的胸口很小心地疼了一下，桑儿的心非常脆弱。

桑生来就要被摘呢！桑儿深深地叹息。蚕吃桑叶，可谁吃蚕呢？桑儿知道，经过四次生死的蚕变成了蚕宝，吐丝、织茧、变蛹、成虫，然后撒下希望之卵，然后死去。可是只有极少数的蚕能够走完这个过程，大部分的蚕在自己织就的巢中，怀着一个美丽的梦就死掉了。它们甚至没有选择自己生死的权利。桑儿对蚕怀着更深刻的同情了。

“不易呢。”桑儿对蚕说。

“不易呢。”桑儿对自己说。

桑儿便给自己编一些故事。桑儿想，叶子是天空，蚕是白云。每天采桑时，她总是不时地望一眼天空，期待着会有一朵白云飘过。

白云是蚕的精灵，那五彩缤纷的朝霞、晚霞，那一道道横跨天际的彩虹，全是蚕的灵气变的！桑儿从未穿过丝织衣服，可桑儿知道，那是她的桑叶变的，是她的蚕宝宝变的！桑的韧性被蚕吸收，变成了一根根白色的柔丝，变成了一朵朵五彩的云霞。

只变换了一下呢！桑儿为自己想出的理由而高兴。桑是不会死的，蚕是不会死的，都活在另一种形式里了！桑儿被自己的想法感动了。她采桑时经常静静地看一会儿天，看一朵又一朵飘过的白云。

桑在白云下轰轰烈烈地绿着。

雪人

下雪了。雪花落满了整个季节。

鸽子像雪花一样盘旋着，盘旋着，沿着一个空虚的圆。

雪人像往常那样沿河流走去。河水已经封住了，竖立的树干木然地立在路边，身上披着厚重的心思。“封河了。”雪人自言自语，不觉走出了很远。

雪人走过一段宽阔的空地，天空中鸽子飞向了远方，只有雪仍在飘落。“雪白的梦回归了。”雪人心想着，透明的心变得晶莹。

“呵——，把我掩埋吧！”雪人突然听到一声轻轻的叹息。是谁？是谁在这天地间叹息？雪人下意识地转动身躯，寻找着。雪花在空中飞舞，除了雪，就只有孤独的雪人了。

雪人走过一段宽阔的空地，雪花像鸽子一样盘旋着，盘旋着，然后收拢翅膀，像梦回大地。雪人的心因了白雪而日益透明。

“呵——，把我掩埋，把我掩埋吧！”雪人听到一声深深的叹息。这声音是如此真切，像一根银针穿破厚厚的纸层。雪人转动身躯，观望着，寻找着，整个天空飞舞着无数片沉重的词汇，一首宏大的乐曲从天际漫出。“冷绝之美！”雪人自语着，整个大地呈现出苍峻的气氛。

雪人沿着河流向前走去。河水静止着，留下一个又一个凝固的旋涡。“石头波纹。”雪人对着河流说。山川和雪峰在时间的流动中起伏着，像一串翻滚的波浪。雪人独自走着，洁白的世界因了雪人的行走而更加纯洁。

“呵，把我掩埋，把我掩埋，把我掩埋吧！”一声一声真切的叹息，像银针一样穿过雪人的心。空旷的原野上，雪人转动身躯，观望着，行走着，除了白色的空旷，就只有雪人这一个孤独的身影了。“是谁？是谁啊？”雪人用双手蒙住了自己的眼睛，他看到了一株巨大的银杏树。大树虬枝飞舞，华盖蔽天，冰雪在它的枝干上种下万条冰凌，仿佛穿破严寒的万把利剑。画面闪过，时间刈在树身，飞舞的木屑像漫天的雪花迸满天地。树干消失了，一簇庞大的根系留在了地下……

雪人把手从眼前拿开，他确信自己看到了一个古老的故事，他能感受到这个故事正在他的身上延续。

“把我掩埋吧！”雪人停止了行走，背过身去，对着即将升起的太阳轻轻地说着。

“把我掩埋吧！”雪人对着升起的太阳张开了手臂。

天空开始呈现出蔚蓝色，一丝丝蒸气上升起来，仿佛雪花浮动的精灵。

“把我掩埋吧！”所有的精灵对着太阳一起说着。

赞歌

日月流长，青山依旧，水波状的光线溅开东方的天空，云霭抖动，太阳从容升起。

又是一个晴朗的日子。哑巴从地上拾起铁锄，迎着太阳走去。丰硕的葡萄园在远处摇动着迷人的舞姿。

真是一片绝好的园林！粗壮的藤蔓直立着生长，柔软的触角握住棚架的横木。微风吹起，天空中洒下淡淡的明媚。叶子浓浓地绿着，像是浸泡过爱情的情人小手；一串一串饱满欲滴的葡萄上闪动着星空的晶莹。

秋天来了！

哑巴扛着他的锄头穿过柔柔的绿荫。他默默地走着，用他明亮的眼睛亲吻着每一根卷须、每一片叶子，像母亲在查点自己的儿子。他的锄头静静地伏在他的肩头，发出熠熠的光亮。泉水顺着铁质的锄尖，带着奇异的芳香渗向脚下的泥土，一种坚硬而强壮的声音沿根须走进葡萄的心中。

这是一种流动的过程，葡萄轻柔地悬垂下来，展开热烈的笑容。

哑巴面对自己的园林，内心有一种深深的感激涌出，他想唱一首赞美的歌曲。

哑巴是一个弃儿。母亲为了寻找太阳而奔走不息。母亲在生下他的血光中看到了那轮太阳，他诞生了，母亲却倒在了鲜红的辉光之中。

命中注定，他要为寻找奔波一生。

他不知道父亲是谁，他也不知道自己是如何被人收养、如何长大，一个念头在他的内心顽强地生长着：寻找父亲，寻找那遥远的、从未相识的幸福。

弃子！每每想到这里，他明亮的眼睛就会迸发出绝望和仇恨。

头枕河流，脚踏青山，他白天采食太阳的精华，晚上覆盖月光的轻纱，他要寻找父亲，不是感恩，而是报复！

报复！他心中仇恨过一千次，可他又时时为怀有这样的念头而深深地自责。

“我是谁？”哑巴披着长发扪心自问。

“我是谁？”哑巴的沉默击穿沉寂的群峰。

哑巴来到一座古老的大山前面。山峰苍峻，古木参天。在一个断崖之下，哑巴看到一位老者。

老者端坐棋旁，髯须飘飘，目光炯炯，一瞥之间就把哑巴内心的痛苦击得粉碎。

“我渴！”哑巴用目光向老者诉说。

“我找不到！”哑巴颤抖的目光向祖父一样的老人倾诉着。

老者面前棋盘空空，黑白之子荡然无存。棋盘两侧是刀刻的诗句：“石头做子地为盘，风流对弈局终残。琴道诗僧今何在？唯有青山依岩岩。”

“留下我吧！”哑巴用企求的目光仰视老者。

老者坚定而闪亮的目光再一次深入哑巴的内心，使他体会到父爱的慈祥。

“孩子，你走吧！”沉默许久，老者突然说话，“这里不是你的归宿！”他从怀里掏出一把种子，放到哑巴的手里，“到苑庄去吧，沿着大山向南，种下去，然后收获吧！”老者目光坚定。

孑然一人，哑巴怀揣种子来到这里，好像怀揣一颗怦怦跳动的心。

他用十指刨开坚硬的岩石，用向往架起高大的棚架，用汗水开凿清凉的泉水，引星星栖在茅屋的顶端。日子在石头上开了花，云彩降临在荒芜的原野。

由于不停地挖掘，他的十指失去了指甲，血水涌了出来，染红了一方热土。一个老妈妈来到他身边，送给他一把黑亮的铁锄。“孩子，珍惜吧！锄头是你最好的兄弟！”老祖母的形象转瞬即逝，阳光正浓，哑巴独自站在温柔之中。他感觉自己正变成一块透明的冰，在温柔的阳光下慢慢融化，冉冉地升腾……

一年过去了，种子生出了绿荫；两年过去了，绿荫覆盖了园林；三年过去了，藤蔓开出了细碎的花朵；五年之后，饱满的果实挂满了枝头。

“父亲！”哑巴对着累累硕果长跪下去，他的仇恨在一瞬间化为乌有。

“我的父亲！”哑巴的心中被一种饱满的液体充盈，仿佛葡萄要挣破果皮的禁锢。

他从劳动中寻找到了一切，他对世界充满了无法言说的感激。

“爱，我爱！”哑巴把双手叉成心形紧紧贴在胸口，然后向着天空挥出。

无声的歌唱！寂静，深深的寂静！一首宏大的赞曲从果园升起来，弥漫着，弥漫着，回响在天地……

红色草莓

是什么阻碍了我们接近草莓？深深的夜里，你静静地坐着，月光从你的长发瀑布般泻落。

这是一轮旷世明月，流水和着夜的空旷，把无语的情愫传给你，然后用深深的寂静网住你。

月光，流水，深深地发问。你像一座雕塑一般，任夜色把你装扮。草莓园就在不远的地方，绿成一团。

你的故乡远在天涯。你是被一个美丽的童话带到这里来的，就像一片雪花，因迷恋自己的名字而飘落。关于草莓的故事流传已久，在青春和浪漫的色彩下，一种鲜艳的象征吸引了所有的追逐。

你上路了，远离故乡的途中，你才感到故乡在心中的重量。然而远方有诱惑，远方有草莓穿越夏天时留下的芳香。那种鲜红的颜色足以令所有年轻的心甘愿付出自己的所有。

这是一次赌注式的寻找，一边是义无反顾地投入，一边是深不可测的沉默。唯有时光公正地稳坐中间，似一个得道高僧，看一场无言的对搏，如看一片闲云。

坚石、恶水、险滩，你可以忍受任何苦难与不幸，却无法忍受平庸的等待以及自欺欺人的安慰。

路在脚下画着诱人的符号，风在身边舞着迷茫的旋涡。你走着蛇一样的步子，看路在脚下退去，看一朵蒲公英张开洁白的伞，撑起一个无言的梦。

唯有梦是真实的，在梦中，你曳起面纱，看清楚自己所在的位置。你无数次地清点自己梦中的幻想，想象着草莓在心中炸裂时那汁液溅射的激情。

跨越季节的沟壑，踏响种子的启动，你终于在一个朗朗夜空下找到了草莓的故乡，在春去夏来的季节之外，你幸运地握住了通向梦境的门把手，就像握住了通向未来的谜底。

这是怎样的一片草莓园？黑夜覆盖在绿色的叶上，绿色的叶子盖住鲜红的奥秘，掩盖不住的只有草莓散发出的青春的气息，如空中灿灿明月。

你拨开藤蔓掩盖的黑夜，你的手颤抖着，像一株摇曳不定的竹箭，红红的指甲泛着幽幽的光亮，给深沉的静夜平添了几分神秘。

终于，你捧住了一枚鲜红的草莓。当真实的感觉穿破皮肤直达内心时，你被那原始的芳香击倒在月光的明媚中。

这就是草莓吗？绿色的托盘托起一个鲜红的誓言，无数的种子似的星星镶嵌在周边。当真实的事物骤然降临的时候，你总不敢相信这种真实会来得如此轻易。

这就是草莓吗？这就是超越了童话和时空的草莓吗？

你一遍遍地问着自己，也问着苍穹。

疑虑便在这个瞬间油然而生。

你是对的，在理性做出结论之前，你的心灵已经直达事物的本真，并以不可更改的口吻告诉你残酷的事实。

在你把握草莓的同时，你也永远地失去了她。一道无法逾越的阻隔横在你的面前。

为什么竟会是这样？得到的同时却是永远的失去！你对着空旷的夜发问着，只有远处的流水如月光一样敲击着，金属的回音在空中袅袅走过。

究竟是谁阻碍了我们的相逢？你举起草莓发问，草莓在你的手中融化，鲜红的汁液如血一样，从绝望的眼里、从饱满的躯体之中缓缓地抽离而去。

一个苍老的声音响起，那是祖母古老而新鲜的故事："只要苑庄在，草莓还会有的。"她的声音透过千古，像一片羽毛飘落在地。你只是用手轻轻地挥了挥，仿佛解脱了一种并不太牢固的绳索。祖母的声音消失了，只有如水的月光落下来，打湿了一片绿得发黑的草莓。

"你永远无法把握草莓，就像无法把握鸟划过的痕迹！"你痛苦地自语着，把黑夜纶起在发梢，昂起头，转过疲惫的身子，又开始新的寻找。

通向草莓内心的路在哪里？你的声音嘶哑，仿佛承载着千古黑色的重负……

红河谷

有多少人可以怀念，有多少人可以期待？在茫茫岁月的长河里，我们走过，没有留下任何痕迹，唯有心，在尚能跳动的时候，留下无数的感伤和怀念……

说起20世纪80年代，似乎是遥远的从前。从那个世纪走来的人，谁都不会忘记那个纯真的年代。

就像现在的80后、90后爱追星一样，1981年我们爱听的是李谷一的《妹妹找哥泪花流》，是苏小明的《军港之夜》。我们经常在“大海就是我故乡”的旋律里，张开思念，回到梦中。

我16岁就参加了工作，在大山里的一个军工企业，以接班人的形象接过父辈手里的枪。

一年后，我被派往江南，学习一种夜视瞄准仪器的制作技术，我的师傅是中国赫赫有名的阴极制造大王。

孤独是孕育诗情画意最好的催化剂。在远离故乡的日子里，一个17岁的少年学会了面对明月独自吟咏，学会了在夜的光晕里寻找唐宋意境，学会了掰着乡愁在六楼的阳台上把自己想象成失意的亡国之君。

烟波江上使人愁，更兼有鹧鸪的叫声，有期期艾艾的二泉映月呢……

江南，让人愁绪满天的江南哦！

她是踏着春天的脚步走进来的。在一个平淡的失去特征的日子，江南的一块美玉就这样走进我的生活。说起来也是有缘分，她分到我们班里，在我的工作台后面，成了我的小师妹。

少年的心是经不起情感的冲击的，何况是一颗敏感而孤独的心呢！

当天的日记里，我记录下这样的感受：也许我们同是天涯沦落人吧，共同的高考落选使我们一见如故，有了更多的语言和话题……

实在说不清楚这是不是就叫爱情，在细雨蒙蒙的春天，两颗稚嫩的心随着迎春花悄悄地开放……那是一种何等美丽的感觉啊，以至于 24 年后的今天，我写到这里的时候，仍然能闻到一股淡淡的花香，仿佛是从童话里走来的主人公，一种美好的感情从心底缓缓升起。

我们的交往是小心翼翼的，几乎很少单独约会。上班的间隙，我们只是聊聊工作上的心得，下班后，我一般都要送她到公共汽车站。其实只要能看到她就已经是很大的满足了，更何况我们两个人共同守护着一个秘密，这更让我们战栗不已！

假日里，和朋友一起乘船去杭州，一夜的颠簸也无法让我们兴奋的心平静下来。在杭州的西子湖畔，同行的朋友感觉到了我们的爱情，执意要连夜返回，被玉平静地劝说下来。我们努力平衡着爱情和友谊。

在那个时代，我们单纯得就像两块透明的水晶。交往中最让人心动的，也不过就是两只手轻轻地握在一起。

我的师傅是兵工系统的技术大王，可是却十分不情愿教徒弟，看到我在详细地记录温度和湿度等技术指标，竟然拔掉温度计，还美其名曰闭着眼睛也能做好工作。这样的伤害对于一个刚刚踏上社会的小青年来说，是难以接受的，我只能用更热情的努力，去换取他的认可，只能悄悄地用心记下每一个细节，下班以后再整理到笔记本里。在煎熬的日子里，玉的目光始终是我最重要的动力。

即使是21世纪的今天，早恋也是大逆不道的事情，更何况在20世纪呢。我们的交往受到了严厉的批评。山东实习队的领队在无数个大会小会上，不点名地批评和提醒：不要早恋，不要影响组织交给我们的重要任务，我们是山东最优秀的兵工子弟，我们要肩负起最光荣的任务……

可是毕竟春天来了，满园春色是关不住的！

玉是标准的南方姑娘，秀美而妩媚，性格却像北方人，大气而不做作。突然有一天，她悄悄告诉我："我现在开始吃面条了，我要和你一样，适应北方的面食……"

我感动得眼泪像洪水一样奔涌而出，初恋就被这样一个又一个的细节贯穿起来。

1982年的夏天，山东实习队完成学习任务，撤回山东。经过一年的学习，我已经成了这个专业中不容忽视的技术新秀。在临走的那个晚上，玉和所有的师傅一起来到火车站为我们送行。玉一遍遍地喊道"再见了师姐，再见了，记得回来看我啊！"可我知道，她根本就是在喊我，在对我叮咛着、嘱咐着……

就在那一刻，火车里放起了苏小明的歌曲《红河谷》：

人们说，你就要离开村庄
我们将怀念你的微笑
你的眼睛比太阳更明亮
照耀在我们的心上

走过来坐在我的身旁
不要离别的这样匆忙

要记住红河谷你的故乡
还有那热爱你的姑娘

要记住红河谷你的故乡
还有那热爱你的姑娘
……

18岁，我们不懂爱情，可已经牵手初恋。

12年以后，我们又一次相见了，这次玉提着40万元人民币来到山东，让我羡慕不已。她是来买股票的，“济南轻骑”股票即将发行。巧合的是，我们在同一年考上电大，并获得了文凭。不过她下海很早，并颇有斩获，来的时候，她送给我和我妻子很多礼物。在我的那间小平房里，她让我见识了财富在一个女人身上焕发出来的魅力。临走的时候，我送给她一本诗集，是我刚刚出版的。拿着薄薄的诗集，她突然说她很羡慕我。就在那一刻，我仿佛看到了12年前天真灿烂的小玉……

又是12年过去了，我和玉早就失去了联系，听说她去了广州，到过新加坡，还去了美国。我没有刻意去打听，只是偶尔会想起她，默默地在心里为她祝福。我们总是会错过许多人，也被许多人错过，可是不管何时何地，只要听到《红河谷》，我的内心就会柔软起来，就会涌起一种淡淡的惆怅，甜甜的温馨……

银色的梦

那天，一场大雪铺天盖地，改变了人们习惯中的清晨。一开门，雪花就乘着轻盈的轿子飘然而至。你和雪就这样猝不及防地相遇了。

“银色的梦”，你喜欢这样称呼你热爱的冬天，称呼你的雪中家园。空旷的原野上，白雪覆盖着一切：泥土、河流，甚至不甘被覆盖的大树。雪把一切都装扮得格外多情，天空中不会有一只鸟飞过。北方的冬天，候鸟们已经飞到遥远的南方去了，那里正水清草秀，它们要在那里躲避寒冷的冬天。而花喜鹊、灰喜鹊那些童话里纯情的鸟们，也正屈身在高高树梢上的巢中，用温暖的体温守护着寒冷的家。麻雀们更是在人类的屋檐下安睡了，北方农家的屋檐是它们最后的庇护所。每每这个时候，你便在风中漫步，任雪花把你的脸吻红，任雪在你的身上留下一片纯白。

我不止一次地捧读你的来信，并且不止一次地想象着你如何穿过冬天，面对白皑皑的世界发出寂寞而且清冷的呼喊。

你喜欢在清冷的雪中开始你的幻游。你把自己想象成一片雪花，六菱形的雪花。你觉得自己通体晶莹，每一个毛孔都散发出兰花的气息，你圣洁无比，就像每天早晨降落在青草之上的第一滴露珠。你知道自己是在向一所房子走去。那是一幢年代久远的房子，不同于你父母居住的那种北方的草屋或者石屋。它是一幢淡蓝色的木头房子，面向南面的是一扇巨大的落地式窗子，这样的窗子你只在梦里见过。它由无数个闪着白光的条子组成，像是百叶窗，又像是玻璃器皿。在你走近它时，你会看见一位老父亲站在窗前。我知道你已经在心里无数次地喊他父亲了。他的双眼中闪动着慈祥、和蔼以及许多无法用语言表达的情感。他的嘴角线条异常清晰，像刀子走动时留下的深深痕迹。他好像在等什么人，身体微微前倾，双手也半开着，一种巨大的父爱透过厚厚的冬天浸了出来，你感到温暖无比。每一次走近这所房子，你的心就不由自主地加快了跳动，那是你年轻的血液正在拍打心脏的四壁。

你不止一次地讲起你看到的一切，以至于我也时时在每一个雪天，在每一个老者的脸上，都感受到这种圣洁的爱意。

你爱雪，爱这个世界上最少有虚假的洁白的晶体。你说过，如果可能，你将化为一片雪花，在天空中飞舞，然后消失。我不知道你 20 岁的心中究竟会有怎样的一种梦境。你的故乡最多的是泥土，其次便是那永远不能根绝的野草和树木。你的故乡上空永远飘动着一朵白云，那是乡村中最朴实，也是最亲近的一景。多少人顶着这一朵白云走完了他们的一生，然后化为泥土中一粒小小的分子。你时常望着这一朵白云遐想，你为它而微笑，为它而痛苦，你在一朵白云中洞悉了生命的奥秘。

总有那么多的选择在选择你，你像一个弱小的女子，在这个人声嘈杂的世界上，你觉得自己是如此的卑微，你第一次为自己痛哭了一场，为这样一个小小发现。生在乡村，并非你的选择，而你却不得不去接受这个现实。你觉得自己像一片雪花，被风吹着四处飘落。诚然，你是那样地爱着雪花，但你仍然不能摆脱作为雪花的深深的悲哀。

“我要去寻找那一座淡蓝色的小木屋。”你这样反复告诉过我，在你的诗中，我也多次看到过它闪动的身影。

你是在5月的时候和他相识的，那时候你刚刚失恋。在这个5月的诗会上，雪花一样的槐花使你们同时倾倒在缪斯的怀中。“银色的梦”，你把无穷的憧憬和幻想都浓缩在这四个字中。在你的心中，这四个字闪动着水晶的光泽。

“我将把握自己的命运。”你如是说，那一封封超重的信，再一次证明你的内心是如何珍爱这一次相遇。在你和上帝构筑的天平中，你能否真正赢得最终的胜利？不知道，也没有人知道，生存的谜底只在生存的过程中。我知道你已经被一次次地选择过了，诚实善良的父母对诗歌的淡漠和对粮食的关心使你生活在两个不同的世界之中，你对土地的反叛和土地对你的羁绊最终以你的失败而告终，爱上一个永远无法爱的人，使你浪漫的初恋成为一场永远无法追及的梦。你渴望在干旱的土地上昂着高高的不屈，你希望在下一次的选择中能够把握胜机。然而，你又一次失败了。在经过几百个日日夜夜的甜蜜沉醉之后，一句足以粉碎水晶的话砸在了你的心里：“我爱你，但是无法改变客观存在的巨大差异。原谅我吧！”他是背着巨大的负疚离去的。

“为什么？为什么？为什么？”你近似疯狂的追问回荡在空旷的寂寥寰宇，万物无声，只有天空中不变的星辰向着黑夜披露永恒的钟情。

“我将平静地离去，这是我唯一的选择。”你在给他的信中，用这种平静的语调向世界告别，“我将回到那幢淡蓝色的木屋中去。”在一个大雪纷飞的天气里，你就这样消失了……

又是一个纷飞的雪天，我手捧着你最后的来信站在雪中，任雪花把我的身体染白。“我将回到淡蓝色的木屋中去！”你留给我的只有这样一句平静的话。你是否已经找到了那所房子？你看，这漫天的雪花正乘着轿子飘然而至，那是我为了娶你而专程请来的纯洁的伴娘……

苏梅克—列维 9 号

又有谁能够听懂这一声苍老的惊呼？坐在周朝的月光下，面对着无穷苍穹，流星划过头顶，好像时光流逝时炸开的碎片。杞人，一个令人永远感叹的名字。

只有遨游在宇宙之中，才能摆脱时间的禁锢，忘记寒武纪、奥陶纪、侏罗纪、白垩纪，才能忘记三朝五代、唐宋元明清。然而，当我收回极目太空的月光后，我怎么也不能忘记那个杞人。尽管我只能坐在地球东部的一座大山下，写诗、生儿育女，做一个普普通通的人。我思念杞人，羡慕杞人，在我缤纷的生活里，杞人是一个永远的高度。

1994 年 7 月 16 日，在这个令人难忘的日子，一颗名叫苏梅克—列维 9 号的彗星闯入我的生活，在之后的 7 天时间里，它连续不断地撞击着木星，同时唤醒我们记忆中沉睡已久的一个名字：杞人。

这颗彗星也许来自我们认识范围之外的时间，或者来自一个我们并不知晓的彗星世界，总之它的存在与我们没有任何牵连。但是，当她途经木星附近的时候，由于距离太近，而被木星巨大的潮汐力粉碎成 21

块，仿佛一颗被爱情击伤的破碎的心。当她再次光临木星的时候，是带着复仇的心情向情人索取回报。21 块碎块组成的彗星阵浩浩荡荡，以决绝的姿态一头扑向庞大的木星。一连串的撞击发出了惊天动地的巨响，其中最大一块碎块的撞击，相当于 3 亿颗原子弹同时爆炸发出的能量，并激起了 30000 度的高温，比太阳表面的温度还要高 5 倍！

这是怎样一个壮丽的场面啊！流曳弹一样连续不断的攻击，让人不由自主地想起杞人“忧天地崩坠，身之所寄”的预言来！

灾难！这只黑色的大鸟，从来没有像这一刻这样贴近我们世俗的生活，从来没有像这一刻这样让人感到恐惧。在我们地球最亲密的朋友遭到攻击的时候，当灼目的火焰腾起、浓雾遮天、木星巨大的伤口长过地球的直径时，平庸的、委琐的、高尚的各色人等终于停下了手里的工作，抬起了他们或黑色、或黄色、或白色、或棕色的头颅，第一次认真地打量浩渺的天空：啊，在平庸的生活之外，竟然还有这样一个遥远却与我们生活息息相关的宇宙空间！

遂古之初，谁传道之？
上下未形，何由考之？
冥昭瞢暗，谁能极之？
冯翼惟象，何以识之？
明明暗暗，惟时何为？
阴阳三合，何本何化？

圜则九重，孰营度之？
惟兹何功，孰初作之？
斡维焉系，天极焉加？
八柱何当，东南何亏？

九天之际，安放安属？

隅隈多有，谁知其数？

……

屈原的170多个问题似乎把心中所有的疑虑问了个遍，不论是中国古代的混沌初开，还是《圣经》中的上帝创造世界，人类早在婴幼儿时期就开始了对终极的猜想和追问。然而，又有谁能够真正寻找到答案呢？真相永远站在真相的背后！你只能无限接近，却无法真正拥有！

“天行健，不为尧舜，不为桀亡”，自然从来都站在时间和空间之外，站在我们的思维之外，永恒着。

这是一个冰冷的无奈的话题。在一个世俗的社会里，超验的思考是如何的苍白和不合时宜。

是苏梅尔—列维9号彗星惊醒了梦中人，在地球之舟上，谁能够撑开救命的白伞，让我们从宇宙的空间逃生？

谁能够避开恐龙的覆辙，成为解开自救绳索的人？

推开夜空之窗，那么多的星星眨着眼睛，而你并不清楚哪颗暗藏杀机。

2500年前的杞人走了，2500年后的今天，最可怕的已经不是暗藏杀机的星星，而是无知的人们对着杞人发出的嘲弄眼神。

匿名电话

一个陌生的声音
从世界的尽头传来
猝不及防
我开始寻找自己

我知道这是你写于10多年前的一首诗。当时的你敏感、自傲，正处于一种自以为高贵而又易受伤害的年龄。你之所以选择诗，仿佛植物亲近太阳那样自然而然，甚至找不到任何理由。

写诗，吃饭，工作，成为你生命中的三个支点。把写诗放在第一位，是因为你周围的人都了解你：如果不写诗，那么吃饭和工作还有什么意义？

写诗，在阳光下写，在秋日里写，在雪夜中写，你像一只不停旋转的陀螺，独自坚守着清白，仿佛在向远逝的爱情挑战。这份浪漫和孤独，侵蚀着你的心，同时也为你的自傲打下独特的印记。“玉碎之后就不叫玉了，玉碎了还是玉。”你仿佛在为自己，或者为所有人写着墓志铭。

泰山的恩泽照耀在你的头顶，一抬头，大山就压顶一般砸下来，令人感到雄伟的同时，更感觉到压抑。日子就这样一天天无声地滑落。

匿名电话就在这样的时候追到了你。

这是一个绝对黑色的声音。电话的那头，陌生的声音奇怪地问你：“你是假海涛吗？”

“不！我是夏海涛！”

“我找假海涛！”

“我是真海涛！”

这种真实的绝对虚假的追问，好像是一个哲学命题，对你进行突如其来的追击。

你期待着什么？你又追索着什么？这是你期待已久的回声吗？那么，为什么这种声音会追到你？为什么在你长长的等待之后，会有这种陌生的声音响起？

大地在你的窗外张开巨大的胸膛，春天的花朵密密麻麻地开放在上面。你甚至无法说出，花朵为何开放，自然为何依照惯有的秩序昼夜轮回。于是你挥笔，写着对于这个终极问题的追问：

……

这或许是人类的声音

在自然界最宏阔的邮亭里

把握春天

我问

你是谁？

结结巴巴的问话暴露我渴望的心情

骤然的沉寂失明阳光的颜色
黑夜的寒鸦猛啄我的神经
时间挽着一朵硕大的螺线
如一眼深不见底的陷阱
没有回声
只有我身前身后挤满了孤独
一种记忆开始闪回

喂
你是谁
你是谁
声音消失
我的问话沉沦于黑洞的永恒
……

你像一个黑夜中的独行客那样，习惯在夜幕中展读星辰。你感到黑夜使人沉静，星空使灵魂得以提升。可是，这个匿名电话改变了你。23岁的心灵，真的会因了这样一个电话而发生神奇的转折？

原来我们的心就是一个世界，原来我们的心就是一个盛满鲜花、布满泥泞的宇宙。黑夜是我们不可剥开的时间帷幔，诗歌是人类认识世界的眼睛。你的灵感、你的感悟如跳跃的风，如锐利的剑，刺破沉闷，打开光明。

你知道这追问将永远伴随着你，从生命的现在直到生命的终止。你身后像塔一样的大网，便是你不可更改的命运。对于这个世界，你能干些什么？你又真的干了些什么？！

夏天过去就是秋天。蛹钻进为自己织就的丝网之中，等待来年的春天破茧而出。你把目光细细折叠，写诗，读书，善待生命，也善待自己。

几年后，你的儿子出生，诗集出版，你由于写作而工作调离。也是在春天，你听说了一件令人吃惊的事情：离你远去的一位恋人，在苦苦等了 3 年无果后，终于远嫁他乡，她的夫君也叫海涛，是假海涛还是贾海涛，你无从知晓，一切仿佛天定。

第五辑　穿行在石头和方块字中

我宁愿相信这只是一个梦，一个关于飞翔和存在的梦。在岁月的边缘，谁能走得更远？

探寻大汶河

子在川上曰：逝者如斯夫。那么，是哪一条大川，引起了中国最伟大的思想家孔子的感叹？2500年前，孔子诞生在山东曲阜的一个小山村。他周游列国，他“登泰山而小天下”，泰山前面的那条大汶河，是他不能不跨越的大川。

从孔子时代往前推2500年，当人类还处于新石器时期，这条河边就活动着一支人类的祖先，他们用泰山石打造石斧、石锛，他们用汶河的泥土捏制陶器，他们用勤劳的双手捕鱼猎兽，这条河因此成为中华文明的摇篮之一。后人以河的名字命名了这个文化遗址——大汶口文化遗址。

是的，这是一条名垂史册的河流，千百年来，这条河日夜流淌，从远古到如今，还将不停地流向未来。它的名字就叫大汶河。

一群生活在泰山脚下的作家相聚了，他们要去探寻这条河，去做一件千百年来从未有人做过的事情。

寻找源头

《泰山大全》记载："大汶河是我国名川之一，古称汶水，简称汶河，是自东向西流经整个泰山山脉之阳的大河……它源于莱芜市黄庄镇松固山南麓，注入东平湖，全长208公里……"

《山东省志·泰山志》曰："大汶河，又名汶水，为黄河下游最大支流……上游牟汶河源于沂源县沙崖子村一带。"

那么，汶河的源头到底在哪里？我们今天就要用双脚找到它！

在向导的带领下，我们向莱芜市黄庄镇进发。当地人都说，汶河的源头就在这里的旋崮山里。

旋崮山高729米，号称沂蒙七十二崮之首。传说它当年是从海水中打着旋儿长起来的，故而得名。

逆河而上，汽车在一个叫台子村的地方停了下来。《莱城文史》中说：牟汶河发源于黄庄镇台子村。如果说这里就是源头，那未免太令人失望了。

我们下车察看地势，发现小河在这里有了分叉，一条沿旋崮山山势直插山腹，而另一条则绵绵不断，在东面隐入山峦之中。

我们决定继续驱车向东。"一江春水向东流"是我国大江大河的基本走向，汶河却是山东境内唯一一条向西流的大河。向东寻找，也许能找到它的起点。

在路的尽头，我们弃车下到河里，沿河床上行。河水若有若无，时而隐入乱石中，时而露出峥嵘，河床内茂盛的水草告诉我们，这是一条有生命的河。据当地老乡讲，这里叫老龙脖子沟，附近有个地方叫龙巩峪。说是站在旋崮山上向下看，这条河就像龙拱出来的一样。

对了，应该是这样的！历经千万年的名川大汶河，它的源头只有与龙的传说结合在一起，才能体现出真正的中国特色。

经过四五里路的追寻，小河被一条横岭截断了，在岭下我们找到了一汪浅浅的清泉！

这就是史书中没有详细记载的汶河源头了！向当地老乡一打听，原来我们已出了莱芜市，进入沂源县的北宅村！岭是分水岭，岭对面叫南宅村，又叫保安村，岭上的水全部注入了沂河，岭这面的水则流向了汶河。

终于找到源头了！狂欢的人们挥舞着旗帜，所有的疲劳烟消云散。我端起相机，记录下这一难忘的瞬间。

为了俯瞰一眼老龙脖子沟的风采，我们又一鼓作气从台子村登上了大汶河的另一个小小源头——旋崮山。虽然层峦叠嶂，我们没有看清老龙拱地的景象，但站在高高的山上，我有了一种深深的感悟：

我们是为寻找大汶河而来的，可又不得不进入高山，从石缝中、山泉中寻找河的源头。看来山与水真是一对孪生兄弟，在充满灵气的大地上完美地相依在一起。“仁者近山，智者乐水”，其实山水又岂能分开！

也许，探寻大汶河在这里已抽象为一种象征：作家与诗人是关注人的心灵的，因此注定了要在探寻的路上奔波一生，探索与追寻的目的或许最终不能达到，但过程毕竟是美丽的。

走进春秋

大汶河上游的一条主要支流叫牟汶河，而牟汶河因流经牟城而得名。今天我们踏上了探寻牟子国及长勺之战遗址的征途。

《中国地方大辞典》载：“牟，周国名，子爵。故城在今山东省莱芜县东二十里。”也就是现在莱芜市的赵家泉村。西周距今已有2700年的历史了，由此推测，牟汶河这个称谓不会早于2700年，可牟汶河在此前已不知流淌了多少春秋！几经周折，我们终于找到了去赵家泉村的路。

汽车向西行驶，宽广的玉米地强烈地冲进视线，使人无法忽视它所具有的那份雍容和大度，就像经过天安门广场进入故宫的感觉。

这一定是牟子国的遗址！是那个消失的国度透出的全部信息。

经人指点，我们找到了故城遗址。

在一片刚刚收获的土地上，残存的土台子在远处兀立着。以它的无言与存在，向人们展现着时光的斑驳与沧桑。

同行的作家崔希明奔到土墙根上，看到的是树根与荒草缠绕着老土；诗人谭践绕到城墙的后面，同村民谈起这段故城的保护与开发；我则对三四米宽的古墙上那一大片庄稼地表现出极大的兴趣。出现在镜头中的玉米、棉花及大豆，如果没有人点破，谁也不能想象竟然是生长在城墙上，2700年前的城墙！

岁月似乎在开着这样一个玩笑：古老的城墙因为岁月的厚重而肥沃无比，以至于墙头上都能结出丰硕的果实；而现代的人们却因为浅薄而更加无知，竟然一次次毁城取土，用巨大的代价（牺牲着人类文明的成果）去收获那三五百斤的粮食！

在精神与物质的天平上，精神只能被生存的压力挤进某个小小的角落。

牟子国故城遗址南北长620米，宽320米，墙城高12米，底宽15米，顶宽4米。其西面和北面邻汶水，并以其作为天然屏障——由此可以想象当年的汶水是何等宽大与湍急！

我们依次背邻牟汶河留影，因为这是纯净得没有任何污染的水，它流自古老的牟子国。

随后，我们又快马加鞭，直奔见马乡，去寻找长勺之战的遗址。

一进见马乡，手机就失去信号。也难怪，我们这是走向春秋时代，现代化的通信工具自然会失去功效的！

北杓山下，一位热心的王姓村民带我们来到长勺之战的纪念碑下。纪念碑位于西杓村小学旁边的高台之上，俯瞰杓山河，所有景色一览无余，是个指挥千军万马的好地方。站在这里，耳边自然会响起战马的嘶鸣声、战士的吼叫声，以及那追人魂魄的大鼓声。是的，在2684年前的春天，鼓声是这里最嘹亮的声音。

有时候，文人的一支秃笔竟能使名不见经传的凡人名垂青史。比方说曹刿，比方说长勺之战。如果没有《左传》，谁会知道曹刿，谁又能知道这个“一鼓作气”、以少胜多的经典战例呢？

尽管1983年才确定了长勺之战的准确地址，但民间似乎对此早就心照不宣。公路边，当我们向一个卖肉的中年屠夫打听长勺之战遗址时，他挥了挥手中的剔骨刀，很精确地告诉我们：“顺路走4公里，北拐！”

传说许多年前这里有人挖出过一把20多厘米长的青铜剑，卖到供销社后只给了四块三毛七，他们担心受骗，又拿回来到潍坊去卖，居然还是卖了四块三毛七——是按废铜的价格收购的！

马上就要返城了，向导突然告诉我们，他盖新房挖地基时挖出了许多罐子、陶片还有骨头，并带我们去看。罐子的年代并不久远，可那骨头碎片却使我们浮想联翩。根据我们的提议，他在自家的排水沟里，用镐头很随意地又挖出一根35厘米长的骨头。这会是谁的骨头呢？2600年前齐鲁士兵的骨头，马的遗骸？还是后来某次战争的遗迹？我们不是考古学家，只是对这森森白骨充满了无尽的想象。

徂徕山中

“朝闻道，夕死足矣。”看完徂徕山，此话果然不虚！

如果不是泰山的光辉过于耀目，放在别处任何一个地方，徂徕山都是一座名头很响的大山。它位于牟汶河与柴汶河的中间地带，是汶河两条主要支流的灵气孕育了它的灵秀与壮美。

《诗经·鲁颂》有云：“徂徕之松，新甫之柏。”可见早在2000多年前，徂徕山就以其浓密茂盛的松柏引起了歌者的关注。即使今天，车辆行进在徂徕山中，人们也会为这茂密的松林所震撼。

泰山中藏个三五千人十分不易，在徂徕山中藏个千军万马却易如反掌。徂徕山的自然条件要超过泰山许多，也许“略输文采”吧！这里的人文景观逊于泰山，但并不缺少。据说，这里如今尚存寺庙 3 处，碑碣 54 块，摩崖刻石 113 处，古树名木千余株，其中不乏李白题写的“独秀峰”等墨宝，也不乏徂徕山起义的大寺遗址。看来，缺乏总体的策划、宣传与包装，是徂徕山始终不能走上前台的根本原因。

中午时分，我们驱车来到徂徕山的最高峰——太平顶。这里海拔 1027 米，离泰山极顶的直线距离仅为 30 公里。我突然产生了一个荒诞的想法：要是在两个山顶间修一条索道，岂不妙哉！同行的梁庄镇文化站站长张纯岭讲了一个异曲同工的民间传说：早年，碧霞元君曾在徂徕山修炼，得道后在不远处的秋千峰上荡秋千上了泰山顶，成为泰山的住持。

下午 1 点，我们在徂徕山深处的卧尧农家小院吃自带的煎饼、咸菜，又请房东卞大嫂烧了一个大北瓜。席间，卞大嫂竟从声音上认出了“张疯子”张纯岭。民间艺术家张纯岭，近年来一心致力于徂徕山民间文学的收集与发掘，已出版《徂徕山民间传说》《徂徕山抗日民歌》等著作，由于过于投入与痴迷，几乎被家人当作疯子送到精神病院去。省、市、区电台多次邀请他做嘉宾，并演唱他收集的民谣。目不识丁的卞大嫂就是这样认识了他。

在大伙的一再要求下，几杯酒下肚的张纯岭又“疯”了起来，用《小五更》的曲调唱了起来：“一呀么一更里呀，月儿照东墙，蒋介石在南京眼泪落两行，损了兵、折了将……”

民间文学就应该根植于民间。卞大嫂这样的知音，是对民间艺术家最好的肯定。

干涸的竹溪

唐开元年间，流寓山东的大诗人李白同名士孔巢父、韩淮、裴政、张叔明、陶沔隐居徂徕山南，他们喝酒谈天，修身养性，史称“竹溪六逸”。

今天我们就要去找竹溪。

沿蜿蜒的土路蛇行上山，汽车在一块刻有“竹溪佳境”的大石头前停了下来。向导指着悬崖下面突出的石床说：这就是竹溪。

这就是竹溪？为何四周没有一棵竹子？向导介绍说，因为石床上石结突出，犹如一个又一个粗大的竹节，又有清水石上流过，故而得名。

是啊，这里确实没有成片的竹林，可是哪一片竹林又能获得这样的殊运！可惜我们来得不是时候，这里已经没有了溪水。为了修盘山公路，山上的流水已被截住，乖乖地沿河道另寻下山之路了。石竹尚在，而溪水早已不知去向！找不到的，还有唐朝的六位隐士。

沿竹溪而下，去看二圣宫。一圣为老子，一圣为孔子，不知这两位老先生如何被供在了一起。

资料上记载“二圣宫始建于元朝”，但我们去看时，早已墙倾石圮，只剩下前后两个条形巨石垒起的古堡。有人说，是过去传教所用的教室，而我看则像是闭关修炼的场所：一扇很小的石门，还有一个小小的天窗，似乎是通气孔。

这里风景十分秀丽。背依高山面临竹溪，溪边一片北方很少见的水杉林。整个宫殿隐在山坳里，远远看去，除了感觉地势不凡外，外人很难看到它的全貌。

联想到我们参观礤石峪的隐仙观，也是隐在深山中。在三四块天然巨石垒起的洞穴中，我看到了清朝两部尚书、文渊阁大学士赵同麟题写的“炼丹炉”三个大字。可以想见，古代的道士在信仰的支撑下，踏遍三山五岳，在人迹罕至的地方修身养性，采日月精华，汲天地灵气，意志不可谓不坚也。

可以说，整个徂徕山笼罩在道教的辉映下，除了光华寺，我看到的几乎全都是道教文化的遗迹。“白云堆里道人家，木食草衣度岁华……不挂市朝名与利，且赢高枕卧烟霞。”石头上，不知何朝何代何位仙人写给云露山水的诗，不巧被我等凡夫俗子碰见，并记了下来。

感受大汶河

从大汶口镇向上追溯，统称为汶河上游，由众多支流组成，比较主要的有牟汶河、柴汶河、石汶河、泮汶河、瀛汶河五大支流，它们在泰安市大汶口镇以上完成了汇合，俗称五汶汇流。

从大汶口到东平县戴村坝，这一段河水是大汶河的中游，俗称大汶河。而到了这里，就不得不看文姜台、古渡口和大汶口文化遗址。

相传齐国公主文姜与她的同父异母兄弟私通，后远嫁鲁桓公。山水迢迢，两人相见何其难！为此，在古驿道旁边，文姜劝其丈夫为自己修筑了行宫。而齐襄公也以打猎名义，涉过汶水，与其妹相会。文姜台便成全了一对男女。

后来，鲁桓公随文姜去齐国省亲时，发现了两人的隐情。情急之下，齐襄公竟杀死了鲁桓公。文姜已无脸再回鲁国国都曲阜，只好回到文姜台郁郁而死。随后行宫渐毁，至今仅剩一个高 1.8 米的大土台突兀在水边，仿佛向人们述说着什么。

这是我听到的一个很特别的故事，我从司马先生的《史记》中也查到了有关记载。《诗经 · 齐风》中有三首写到了文姜及文姜回齐：“汶水汤汤，行人彭彭。鲁道有荡，齐子翱翔。汶水滔滔，行人儦儦，鲁道有荡，齐子游敖。”在文姜回齐的路上，人是那样的拥挤，而汶水是那样的湍急。

在文姜台遗址，我拣到了一块陶瓶残片和一块带有花纹的青砖。我不知道夜深人静之时，这残缺的陶瓶是否会漾出汶水的浪花，这深深的砖纹是否会映出历史的图像。

在汶河古渡，我们看到了已有260年历史的姜公桥。

1730年，汶河桥被大水冲毁，两岸人民生活极为不便。清朝石匠姜桂松发誓要修此桥，造福后人。他通过承包皇家工程——修复泰山盘道挣了一笔钱，然后于1741年自行设计、自行施工，用了不到1年的时间建造了这座大石桥。至今，这桥仍是两岸人民生活交往的唯一通道。看到这么多的人在桥上走来走去的，几个洗衣的农妇便喊：“做嘛的？是修桥的吗？这桥真该修了！”听到喊声，我们面面相觑无法回答，于是更怀念那个200多年前的“建筑个体户”姜桂松。

在古渡口，同行的作家殷培文、齐欣讲述了他们与姜桂松的一段奇缘。

住在大河棉纺厂的作家殷培文，对古碑颇有研究。2000年春天，他在深山中偶然发现了一块姜氏后代立的石碑，上面刻有其祖先姜桂松修建大汶河石桥的功德，便立即通知了祖籍大汶口镇的作家齐欣。古道热肠的齐欣数次与有关方面联系，终于雇人将这块石碑从深山中抬到了路边，并运回镇政府大院。

如果姜桂松在天有灵，定会对两位作家含笑致谢的。

随后我们去了“大汶口文化遗址”。除了一大片玉米地，谁也无法看到更多的什么了。

大汶口文化遗址总面积80余万平方米，为新石器时代遗址，早期属于母系氏族社会末期，中晚期已进入父系氏族社会，跨度达2000年。在133座墓葬中，出土了2.1万件随葬品，其晚期的骨针、石锛等物品已相当精致，并出现了贫富差别，但至今没有发现村落遗址。

祖先们已经远远地走去，只把背影留给我们，默默无语。

拦汶济运

从大汶口镇沿河堤西行不久，便是堽城大坝了。它同戴村坝一起，成为汶河上两道著名的水利工程。

堽城坝最初建于元朝，我们去寻找时，已无处可寻。在一个用水泥石块砌起的大堆边，散落着别处不常见的巨大石头。旁边干农活的老乡指点我们，这就是老坝！

原先的土坝每年都会被冲毁。后来发现，原址下行八里，有一个平坦的地方，河床下石床平整，适宜建石坝，于是便于明成化九年将坝迁于此地。它拦截汶水，自光河注入运河以提高水位，至今已有 500 多年的历史了。

堽城坝到底有多深，听当地人的一句咒语就知道了：“我要说瞎话，就让我跳堽城坝！”每年汛期，上游各支流落水者的家人，都要跑几十里路，到这里来寻找尸首。

戴村坝的修建年代大概要晚一点儿，约在明永乐九年（公元 1411 年），为此还专门开挖了小汶河，使蓄坝拦截的汶河水能沿小汶河注入南旺，从而达到提高运河水位的目的。

京杭大运河是一条举世闻名的人工河，也是重要要塞之一。自元代开通东平至临清的会通河后，京杭大运河全线贯通，对于促进南北经济的交流功不可没。东平也因此而成为漕运要枢，历时 600 余年。江淮一带漕粮每年 400 万石皆取道于此运往京都。明朝对运河进行了大规模的疏淤工程，并接受民间修河工的建议，筑戴村坝，遏汶水接济会通河。该坝被称为中国的第二都江堰。

据说，当年马可·波罗在他的游记中曾对繁华的东平做过描述。

9月26日上午，就在我们参观完戴村坝准备返程时，一阵噼里啪啦的鞭炮声吸引了我们——原来是两位渔民正在坝下祭祀河神。

都知道东平湖有渔民，想不到大汶河也有渔民，看来戴村坝拦水功能的确非凡。

渔民们燃起一炷香，然后烧起了纸钱。袅袅青烟中，他们把随身带来的烧酒浇在火上。这时，一个人从篮子里拿出了一只缚好的大红公鸡，看来要杀牲了！他走向泊在水面的铁皮船，菜刀一挥，鸡血便涌了出来。船老大握住公鸡，沿船走了一圈，将血洒在了船身。做完这一切后，两人回到岸边，对着船头虔诚地叩了三叩，整个仪式才算完成。这期间，渔民的妻子一直远远地站在一边，问她为何不参加时，她笑答："不让"。看来，这个神秘的仪式还不允许女性参加，怕是大汶口文化晚期——父系氏族社会的特征吧！

高高的山与古老的城

让我们在千年之后去谒见这座古城，究竟是上天的安排，还是无意的巧合？说不清楚，但大汶河世纪采风团在世纪末来到东平州城，一定有着特别的意义。

州城始建于公元1000年的宋咸平三年，是从东平湖埠子村移建到这里的。据说，这座古城是一座龟城，北门朝西，南关设计成龟头，龟的双眼及肚脐是幽幽的水井，城墙是黑油油的青砖包皮，内里由三合土夯起。直到1964年，这里的城墙仍保存完好。

由于地势低洼，早年间城内有许多水塘，盛产鱼、苇、蒲、莲，旧称："夏秋之交，荷花半城，渔舟唱晚，风景清幽，不亚于江南。"建成龟形，是取其"万年寿"之意。也许还考虑离湖太近，取其不被淹没之意？这里出过“建安七子”之一的刘祯，宋朝父子双状元梁灏、梁固，元代戏曲家高文秀等名流，真可谓人杰地灵。而今，当我们千年之后再到此地时，却发现古城不在，历史上的种种美景在这里都化为了无。

千年古城其实在活过966年后就完全消失了，彻底的，没有丝毫的留恋。

州城在宋、金时为东平州、东平府；

在元朝时为东平路；

在明、清时为东平州；

民国至1982年为东平县；

1982年后，东平县由州城迁往新城，这里变成了一个镇。

千年古城就这样一步步没落了，在失去它的建制的同时，也失去了最后的、值得记忆的外貌。

不可否认，环境的改变对经济的发展会有着意想不到的打击。1855年，黄河夺清河入海，致使东平经济受挫，特别是运河淤塞、漕运停止，渐渐失去交通要塞之功能，州城也逐渐走下了聚光灯追逐的舞台。

除此之外，是不是还有其他的原因？

我们驱车到州城时，途经一座高山，远远望去，林中隐隐透出了红墙青瓦，颇有点深山藏古寺的味道。一打听，原来叫白佛山。山上仍有三窟石佛像，依山而凿，始建于隋朝，是齐鲁第一大佛。登山远望，颇有一览众山小的感觉。向导告诉我们，白佛山海拔370米，从东平向南直达徐州，它都是一座最高的山！

这是真的吗？我们是从汶河的源头一路寻来的，来寻找汶河的归宿，我们知道东平湖其实并不是汶河的尽头，东平湖与黄河相连，而黄河最终是要流向大海的！

探寻途中，我们登上了729米高的旋崮山，也爬上了1027米的徂徕山太平顶，更是从1545米的泰山脚下起程的，因此，我们知道山有多高，也知道多高的山都有。可白佛山竟然是最高的，这一点出乎每个人的意料。

相传白佛山原来是同泰山一样生长的大山，由于同泰山争雄，惹恼了玉帝，玉帝便派来二郎神摆平此事。二郎神来后一鞭子抽掉了山头，从此白佛山便停止了长高。不过，这个高度相对于海拔只有38米的州城来说，已经是最高的了！

也许正是这样的高度，挡住了东平的视线。至此，我们从文化的意义上，找到了州城衰变的一个重要原因。

雨中腊山

早晨起来，秋雨就一直不停地下着。按原计划，我们今天去东平湖及腊山，然后结束此次探寻活动。

车沿东平湖堤岸绕行，使我们真切地感受到了山蒙蒙、水蒙蒙的雨中风光。只是湖中的景色令人有些遗憾，远远望去，养鱼用的网箱把湖面分成了大大小小的筛网，像水墨画中的一个个墨点。

来到220国道收费站时，向导郭云策下车，指着一个大闸门告诉我们，这里叫陈口闸，是东平湖的泄水闸。

您知道这句话的含义吗？他是说，这里就是咽喉，是东平湖与黄河相连接的要塞。只要愿意，大闸提起，注入东平湖的汶河水就能从这里流向黄河，流向大海！

这就是我们此行的终点。

也许是黄河的泥土太厚重了，在陈口闸大堤，充当摄影师的我一脚陷进了深深的黄泥中，就像同行的这批作家们，早已深陷历史、深陷在汶河的涛声里……

由于雨大、风急，出于安全考虑，我们最终没有登船进湖，这成为一大憾事。到东平湖是不能不上船的，宋代大文豪苏轼这样说过：“更须月出波光净，卧听渔家荡桨歌。行到平湖意自宽，繁花仍得就船看。”看来，只能日后另寻月圆之夜来此荡舟赏花了。

山是一定要登的。腊山位于东平湖畔，是一座有着众多文化古迹的名山。这里佛道遗迹遍布，山水景色紧凑灵秀。较著名的有祥龙宫，又叫“三清宫”，是著名道人邱处机修身布道之处。邱处机是哲学家王重阳的七大弟子之一，又是道教全真龙门派的创始人。王重阳死后，他坚持师傅以道为主，兼收儒、释精华的全真学说潜心修炼，后被金朝征用赴京。在他 66 岁时，山东杨安儿起义，征伐未平，邱道士请旨来山东招安，“所到之处皆投戈拜命”，于是名噪一时。

邱处机 71 岁高龄时，率弟子 18 人前往西域大雪山，面见成吉思汗，历时 4 年方才到达。他劝说成吉思汗不要嗜杀人命，要敬天爱命，长生久视，清心寡欲，受到了成吉思汗的厚待，被视为神仙。

公元 1224 年，邱处机带领蒙古兵攻占了北京太极宫。3 年后，太祖成吉思汗下旨，将太极宫改为长春宫，并赐给邱处机金虎牌，从此道家的事情全部交由邱处机来处置。

一时间，道教达到鼎盛。我们从大汶河一路走来，沿途所见的道观，几乎全部是全真龙门派的。

据说在腊山玉皇顶可以眺望黄河，不过我们来得不是时候，秋雨潇潇，云雾茫茫，不远处的黄河只隐在一片虚幻的云雾中……

汶河经过 200 多公里的流淌，消失了，融进了 600 平方公里浩渺的东平湖；但它又时时刻刻存在着，它在积蓄能量，期待着与另一条大河的相逢。

神龙不见首尾！尽管我们看不见黄河的真面目，但我们想象得出，两条大河交汇时，一定会撞击出壮美的景观！

明天就要回泰山了，探寻就要结束，2000 多公里的行程，10 多天的奔波，我们的行走究竟探寻到了什么？

哲人说：一个人不可能两次踏入同一条河流。那么，我们看过的这条河：从汩汩细流到浩浩荡荡，从石缝山隙到汇入湖海，它还是那条远古流来的大汶河吗？是，又不是。大汶河以生生不息的流动，诠释着生命的更新与嬗变、文明的延续与发展。

仰看人生

如果改变一下角度，就会发现这个世界是多么的不同。

也许你已经习惯了俯视、平视世界，或者已经习惯了跪着、匍匐着生活，可是你想过仰视吗？怀着敬畏和虔诚仰视，看人来人往，看云卷云舒……

“医院是个特殊的地方，可以观察生，可以体验死，尤其是在深夜时分。”你发出的短信如此简单，躺在静静的子夜时分，你的手指如键一样飞动，比你的手指还要快的是你的思绪。“知道吗？这个时候我只想到你。”

你已经不是第一次到这所医院了。这是本市规模最大的市立医院。无论是显贵的达官还是渺小的百姓，来到这里都变成了一样的，拥有了一个共同的名字——某某床。“特六床”成了你父亲的代号。是的，你是你父亲的陪床，一个陪字把你与生死拉开了距离。

父亲是严重的脑出血，已经昏迷不醒，住在 ICU 病房里。你无能为力，被病房的大门关在外面，无助地看着医生护士出出进进。

能体会无助的含义吗？你看着自己的亲人被病魔慢慢放倒，看到病魔在疯狂地肆虐——就像在一个空旷的拳击场上，一个强大的对手在残酷地击打一个苍老体弱无力还手的老者，看那鲜血四溅、创口淋漓，你恨断牙根拍遍栏杆却无能为力，只能任生命在自然的搏击中，去争取自己应得的分数。

这一场不对等的搏击，这一场命中躲不过的劫难！

你唯有躺在静静的子夜，想象着，观望着。作为一个旁观者，仰躺在医院的走廊里，体味黑夜带来的种种况味。你只能是一个看客。

"知道吗？在这个静静的夜里，在这个生死往来的门口，我想到了你……"

你手指翻飞，你的短信如点点音符，飞向了遥远的地方。那里有你美丽的知己。没有人知道为什么，难道只有爱才可以医治你的心痛？

一夜无语。世界仍然按部就班地运动着，一切都没有变，只是因为你的姿势改变了，世界也就仿佛发生了变化，天好像塌了下来。

凌晨2点10分，"特二床"走了，他才来了2天。匆匆的脚步、忙碌的身影以及压抑的哭泣，都被夜色掩去，走廊里的灯昏暗着，假寐的人们已经漠然。

昨天下午，"特二床"已经下了病危通知，医生说没有回天之力了。年过70岁的老太太被子孙搀扶着，做出了一个重大的决定：既然年老体弱的丈夫已经不堪忍受岁月的打击，那么就让他快点去吧！20点30分，医生接到了"放弃治疗"的自愿保证书后，撤掉了所有的仪器，5个小时后，"特二床"——这个至今你也叫不出名字的老者，独自走完了苍老的一生……

谁可以决定生命的去留？谁可以表达并执行自己真实的意志？

"特一床"又一次出现了危机。他的三男两女围坐在一起，开始商议后事。从60天前住进ICU重症监护室，子女们就开始了无休止的争论。

老先生是脑出血，反复抢救几次，除了心脏还在顽强地跳动之外，大脑已经处于死亡状态。几个哥哥早就想将老先生接出来，然后尽尽孝心，可是妹妹们坚决不同意，出了监护室就相当于放弃治疗，谁也不敢做这样的决定。

在这个月黑风高的夜晚，你听见了他们的提议：投票表决吧！结果全部弃权，没有一个人能够真实表达自己的意愿。每天 1000 元的花费，让这个家庭感到吃力，除了从经济角度考虑外，没有人愿意从老人的角度考虑问题——或者他已经没有了思考的能力，已经无法决定自己的去留。

道德的压力使他们始终不能放弃治疗——或者叫维持。当顽强的心仍在跳动的时候，没有人甘愿顶着道德的利刃去解脱老先生的痛苦。不知道究竟哪种做法更道德更人性一些。

你仰卧在走廊的钢丝床上，想着哲学家才会思考的问题。

仿佛过了一个世纪，你盼望的短信有了回复：“我请求你不要再和我说生死的事好吗？这些离我太远！我喜欢阳光，不要把沉重给我！”

这是你苦苦期待的结果吗？当爱在死亡面前退缩的时候，你还会期待什么呢？

“在我的感觉里，你就像一个梦，梦是沉重的吗？梦是轻盈的吗？梦是无拘无束的吗？我茫茫然……”你的手机短信再一次响起，是谁这样对你诉说着对死亡和黑暗的恐惧？

或许真的是一场梦呢？你揉着迷茫的眼睛环顾四周。可是即使是梦，你也想努力地去清醒去思考。你已经学会了仰视生活：看生命的纷繁，看平静的天空，怀着敬畏和感激。

或许你的虔诚感动了上苍？昏迷了 13 天后，75 岁的老父亲睁开了昏花的老眼。在生命的拳击台上，他终于在读秒时刻站了起来并挺到了最后。

20 世纪伟大诗人里尔克在他的诗里高声吟唱：“有何胜利可言，挺住就意味着一切！”可是挺住了以后又会怎样？当生命之生战胜了死亡之死，如何守住自尊，如何有尊严地活着，成为生命遇到的又一个庄严的课题……

感知你的心跳

就这样牵着妻子的手，在大山的下面，环形的广场让人体验到了天圆地方的古代人的哲学思想。

天是圆的，在我们目光所及的地方，苍穹弯下来，以一种亲切的微笑面对着我们；而脚下的大地青草丛生，方方正正，书写我们中规中矩的步履。我们像真正的人一样站立着，头顶祥云，脚踏泥土，面向暖暖的太阳……

牵着手走过了很长的路，像一对耄耋老者，仿佛时光已经流过了无数个世纪。中年的妻，再次挺起母亲的骄傲，在生命延续的途中，骆驼一样傲然而立。风吹过圆润的身体，沿着隆起的角度滑过。仿佛为了验证生命的坚韧，为了展示生命的包容，一个新的生命从远古的甬道划过，慢慢接近我们平庸的生活……

为此，我们放弃了无数，为此我们也等待了千年！这样的一个时刻好像早就应该到来，而他的来到，也是恰逢其时的！

生命因了等待而愈发显示出了金属一样的光泽。

从医院走出来，我们为手中的这张彩色 B 超图片而震撼！7 个月的生命如此清晰、如此真切、如此突然地走进了我们的生活。真实在这个瞬间击中了我们！是他吗？一个生命的头像如此自然地呈现在我们面前，健康而又可爱，大大的鼻子，厚厚的嘴唇，一双微微眯起的眼睛。

这是我们的孩子！真实得像阳光下彩色的眩晕……

新的生命总是给人以想象，新的生命带来的是更多的希望和向往。我们一遍遍地问：他就是我们的孩子吗？大大的鼻子像谁？厚厚的嘴唇又是谁的痕迹？造物主总是以一种我们不知道的方式，随意书写着密码，让我们在期待中仿佛在与自己对视。

感谢伟大的科学，感谢四维彩超机，让我们早早认识了这个成长中的生命，让我们隔着世界的大门，就已经和他开始了最亲密的交流。

大地是生长的元素，是力量的源泉。牵着妻的手，坐在草青色的泥土上，马尾松的针尖滑落露水的晶莹，阳光升起，松香弥漫在早晨的空气中……

吸收一点儿地气吧！我们躺在阳光下，让自己的身体最大限度地贴近大地，每个汗毛孔开始张开，缕缕气息贯穿身体，沿着经络的传统途径，洗刷我们的细胞，荡涤蒙尘的灵魂……

多么美好，这样的时刻！我仿佛听见新的生命发出了欢快的声音，像是在雀跃，又像是在迫不及待地述说。马尾松树上悬着一朵朵经年的松塔，还有一串又一串的鸟鸣，让人误以为是谁家的风铃忘记了收回……

季节因了希望而张扬，希望因了新的生命而饱满而闪光……

与你对视，心跳成了这个世界唯一的号角。

幸福提前到达

10月17日，我的小圣修就要满月了！

自古以来，“家有后人”“添丁之喜”“足月之喜”就是值得庆贺的，何况这是在推行计划生育的21世纪的中国，我的家是要否极泰来了吗？

因为一个新生命的到来，我这42岁的老男人又一次“升级”成了父亲！一个视写作为终极理想的人，竟然一个月没有写出一篇文章来。为什么？是江郎才尽还是文思枯竭？仔细想来，当幸福骤然降临的时候已然忘言。

最早知道生命的孕育，是在冬天还没有离开的季节。南湖边上的柳树光秃秃地孤立着，冰雪和寒冷在水边胡乱地生长。不知道为什么，我有一种预感：柳树发芽了！我知道在最寒冷的季节，柳树已经张开了生命的臂膀！折下一枝柳条后发现，在别人的忽略中，春天已穿过绿色提前到达！

生命，这个脆弱却又无比强大的生命！

期待已久却又突然来临，当我触摸到这个秘密的时候，总是忍不住要述说，要呼喊！可是，我又无法把握未来，只能把这个秘密含在嘴里、藏在心里，只能对着未来的时光暗自祝福：让生命的光更亮一些吧！让未来的安康更长久一些吧！

面对茫然不可预测的未来，除了祈祷和期待，我别无选择！

黑色的春天开始抵达！好像有来就有离去，有生命的诞生就有生命的消失。病床上躺了两年的年迈的老父亲带着遗憾离去。也许他不知道，就在这个时候，新的生命已经在春天里成长。

面对至亲至爱的离去，我已经没有了眼泪。沉默是对悲伤的无奈，是对哀伤的掩饰。命运的低谷开始显现，沉沦的时光已经触底。

生命的成长按照自己的编码有条不紊地进行着。母体里短短的 40 周，却演变着人类百万年来的进化过程！我们像盲人一样，做着无谓而又自欺欺人、不得不做的探究。

B 超、化验、羊水穿刺、染色体检查……所有的项目只为了一个目的：观测生命的成长。同时，还有一个更加阴险的计划：只能让健康的生命最终诞生！

这个幸运的生命以健康的完美躲过了命运的一个个陷阱。

7 月里最后一次彩色 B 超，让我们父子终于隔世相见了！现代医学最伟大的地方就是让我看到了混沌时光里生命的面目！屏幕前面医生惊叹：好大一个鼻子啊！而我除了发现这个大鼻子之外，还感应出了幼小生命里与我同步的心跳：咚咚咚咚！急促而坚定有力，像战鼓，像生命不屈的宣言！

10 月 2 日是他的预产期，为此我早早地给他起了小名：国庆。我想，秋天里收获的，一定会是个沉甸甸的果子！

今年的秋天比往年要来得更迟一些。路两边的树叶依然泛着绿色，空中飘浮着淡淡的凉爽。我知道，秋天还没有做好收获的准备，一切在按部就班地转换。然而，生命的诞生却已经急不可耐。

9 月 16 日晚上，妻子突然出现了反应，急忙开车去了医院。10 点多的时候，医生说要做手术。第二天凌晨，小生命就已经随着新一天的开始而降临！听说他的哭声十分响亮……

这是他选择的生日！从生命的第一天开始，他就表现出了与众不同。这是为了更早和父母相见吗？为什么在38周的时候，他就匆忙来到了人间？或者，他是为了这个苦难的家，他要把自己作为最好的礼物，送给日渐苍老的父母？

妻子被推回病床的时候，我告诉她：是个男孩儿。她闭上眼睛，使劲点点头，什么也不说地痛哭起来！我知道，这是无法言说的复杂感情！走出病房，我久忍的泪水冲堤而出，扶在走廊的墙壁上，我也放肆地痛哭……

这是失而复得，还是重新拥有？当生命再次真实的莅临，幸福只能以痛苦的形式宣泄和表达！

手忙脚乱的日子开始了！

当天凌晨，小生命的第一口奶水是向临床的小哥哥借来的——来得匆忙，除了带了钱来，生活用品全都没带。好在这个小生命适应能力还比较强。短短半天时间，做父亲的感觉又回来了，我仿佛回到了10多年前的青年时光！

用左掌当枕头、右手做摇篮，我把儿子轻轻托在手里，感受着小生命赤裸娇嫩全然无知的信赖和依托，一种使命感油然而生……

幸福，往往就是以这样不可思议的速度提前到达，并以这样不可思议的形式展示着朴素的美丽。一个40多岁的老男人再次“湿身”，任幼小的生命在身上浇灌随意的童贞。冲奶洗涮、采买做饭，琐碎的生活里充满了平凡的幸福……

时间过得飞快，转眼之间30天过去了！满月，预示着一个小生命完满的前程从此开始！

圣修，我们的儿子，我们把这个名字当作最初的礼物送给你！同时送给你的，还有我们沉甸甸的爱和无穷无尽的希望……

穿行在石头和方块字中

身在泰山下，却不能随心所欲地上山下山，总有无尽的琐事缠身。雪后的一天，终于找到理由登上了泰山。

2 月 28 日的一场大雪，给早春带来了意外的惊喜。由于气温偏高，山下的雪早就化得干干净净，可是到了山顶才发现，除了朝阳地方的雪开始融化外，其他地方依然是厚而白着。

我们从泰山西麓的桃花峪上山，换乘索道直达山顶的北天门。知道泰山南天门的人很多，而知道北天门的人却很少——其实泰山是很传统的，有了南天门怎么会没有北天门呢？只不过，南天门在《西游记》等作品里面频频露面且古迹丰富，而北天门已落败得鲜有人光顾了……

站在海拔 1545 米的极顶，俯瞰着人世间的一切，心中有一种奇妙的感觉。2 亿年前从海里慢慢地拱出来，在日月的注视下，在造化的垂青下，由桑海变成了独尊天下的大山……

泰山是活的，是有生命力的！难怪人们要在这样的石头上写下自己由衷的赞叹：五岳独尊……

从极顶向东远远望去，会看到泰山的一个标志性的象征——弯曲斜插渤海的探海石，你会感受到泰山的雄性魅力和阳刚的力量。这是泰山上少有的几块没有文字而名扬天下的石头。

另有一块是汉武帝设立的“无字碑”。这块石碑高6米，宽1.2米，厚0.9米。碑顶上，有石覆盖，石色黄白，形制古朴浑厚。据说石碑所在位置的高度和泰山极顶的高度是一致的，加上上面的盖石以后，已经高过泰山了，又不着一字，其无语的威严，其实在述说自己的功高盖世！

美学大家杨辛写过这样一首诗：“巨手擎天门，玉磴七千层，当年凿石者，化为泰山魂，汗入两溪水，风过万松鸣，留下无字碑，悠悠伴白云。”

然而更多的泰山石是和历代的文人墨客、中国的象形文字结合在一起的。在石头上刻字是古已有之的做法。

泰山的石刻分为两个部分：摩崖石刻和石碑。相比之下，我更喜欢在山崖峭壁上刻写的文字。

泰山目前最早的石刻当数秦国丞相李斯手书的秦泰山刻石了！原文有222字，由于时光的磨砺，现在只残存10字。秦石刻是国家一级文物，堪称稀世珍宝。传说秦统一中国之后，各国“文字异形”，给统一后的政令推行及经济文化交流造成很大困难。完成统一的当年，秦始皇就下令“书同文字”，而李斯就是这个政策的主导者。在大篆字体基础上，他删掉繁杂笔画，省略异体字形，改进成为小篆。这是中国历史上第一次文字改革，对发展中国文化有着不可忽视的作用。一字千金，概源于此。

唐摩崖石刻是因为唐玄宗登封泰山时亲自书写《纪泰山铭》而得名。全文1000字，书体为唐隶。文辞典雅，书法遒劲，颇具盛唐风格。后人评价说：“穹崖造天铭书，若鸾飞舞于烟云之表，为之色飞。”

这些都是帝王将相的例子。而书写在泰山斗母宫东北约400米处经石峪的《金刚经》则出自一个无名之辈之手，这里是全国最大的佛教摩崖石刻，每个字直径50厘米，传为南北朝时北齐人东岭僧安道壹所书。大字遒劲古拙，篆隶兼备，康有为称之为：榜书之宗，大字鼻祖！

据统计，泰山上各类石刻多达2500块，其中不但有《金刚经》这样的鸿篇巨制，也有三言两语的隽永警句，如“仰观俯察”“冠盖五岳”“登高必自”等，更有些奇思妙想的谜一样的石刻。

相传一块“虫二”的石刻难住了大家，当年郭沫若一看到这个石刻就猜出了答案：这是一个繁体字字谜，意为风月无边！

象形文字以其独特的魅力吸引了人们的视线。在长达10.5公里的泰山山道中，文字和石头紧密地结合在一起，就像泥土和岩石的结合一样，你甚至无法分清到底是石头为文字增色，还是文字使石头永恒。

或许，世界上根本就没有什么永恒的东西，如果非要说有的话，那一定是——时间，如果还要加一个定语的话，那就是苍老的时间！

华美的袍子

一

大学讲师子建遇到了人生的麻烦事。她的公开课已经讲完了，有大把大把时间可以支配，却发现自己百无聊赖，陷入了感情的泥淖。

一帆风顺的子建遇到的第一个麻烦是在今年春天，她与一见钟情并缔结良缘的丈夫分居了。同在一个屋檐下，两人却形同陌路。一半是逃避，一半是反思。暑假来临之际，子建放下手里的工作，休假回到了海滨小镇，在故乡的海边疗伤。

仅仅因为网络，因为这个虚拟的东西，子建的麻烦接踵而至。

二

子建在故乡童年的回忆中，得到灵魂上的片刻休息。放松之中她开始上网冲浪，在一个著名的聊天室流连忘返。在这里，子建遇到一个叫“里尔克二”的网友。中文硕士毕业生子建偏好外国文学，知道20世纪奥地利著名诗人里尔克的诗歌，这个自称里尔克二的家伙，应该是一个有品位的男性了。于是，她主动加他，他成为她的第一个网上好友。

话题是从苏童的小说《妻妾成群》谈起的。戏子出身的七太太是一个另类，她穿着惊世骇俗的服装，在深宅大院里翩翩起舞，令灰色的墙壁生出许多光芒来。她的衣服无疑是一种反叛的象征，女人子建对此有着更深的感悟。交谈中，里尔克二对苏童如数家珍，其熟悉程度令子建吃惊不已，暗自感叹和庆幸自己找到了一个知音。

“七太太的水袖甩出的不仅仅是灵光波动的华美，难道你没有看出她内心深处的那种私性的浪漫和渴求？”子建一反平时的矜持与平和，言语中使用了这样的反问句。

“我当然知道。而且，在你说话的时候，我还感到了一种躁动不安的压抑和激情！”里尔克二的语气出奇的冷峻，像哲学家一样严谨，却又一语中的，子建的心被狠狠地撞了一下，在电脑的另一端，她好像被别人窥探到了隐私，脸不由地红了，心里对这个男人的犀利感觉十分佩服。

三

子建至今没有想清楚匆匆去见网友里尔克二的原因。如果说她冲动，那么32岁的子建已经到了和冲动说再见的时候了。

说决绝也好，说内心的召唤也好，子建决定去见见这位网友。虽然认识只有两个月，但是相知的感觉好像已经足足有两年了。像所有网友见面一样，他们事先也交换了照片——不过子建用了3年前的照片，那时候她更加饱满和成熟，像秋天一样丰硕。而她没有想到的是，里尔克二发给她的照片是10年前的。这一点好像两个人都落入了网络的俗套。

虚拟的网络转换为真实的相见，面临的不仅仅是心理的障碍，更多的是心理的预期与现实的落差。不过两个人对此都有更多的宽容。

在汽车站的相见是戏剧性的。子建和里尔克二擦肩而过，走出约10米之后，两人几乎同时回头，对视，然后哈哈一笑：与照片上的人不太一样！是啊，是啊，是不一样！他们居然像老朋友一样，连手都没有碰一下，她就上了里尔克二的那辆二手车。

四

从现实回到虚拟网络的子建发现自己实在无法真的走回虚拟中去，一切真实得可怕。

“1个月过去了，时间过得真快啊！”子建对着屏幕独自说着，她知道屏幕对面有一双关注的眼睛。“想起了张爱玲的话，长的是磨难，短的是人生！”子建喃喃自语，像是对里尔克二，又像是对自己。

第一次的见面没有出现一般网络文学里面的结局。他们是在一个风景优美的景区开始会晤的。摄影师出身的里尔克二以职业的目光盯着镜头里的子建，让她心里忐忑不安，她似乎能够感觉到取景框后面那束火辣辣的目光。

午饭吃的是野味。两个人总是在不停地说着，生怕突然停顿下来，会发生什么意外似的。突然间，在谈话的间隙，里尔克二扳过子建的肩膀，顺势向她吻来。一切都在瞬间，之前没有任何征兆。子建出于本能，用手挡住了靠近的脸庞。“别！别这样！”里尔克二听到了一声淡淡的裂锦般的声音。“对不起！”里尔克二说完之后，随即端正了身子。

1个月过去了，当时的情形子建仍历历在目。为什么拒绝呢？她一遍遍地问自己。难道自己当时的内心没有渴求吗？是由于羞涩还是出于本能？子建在心里对里尔克二的胆小和敏感充满了莫名的怨恨。

如果他再勇敢一些呢？子建心里疼了一下。好多事情真的难以用“假如”来想象。假如那天自己没有躲避；假如里尔克二再勇敢一点而不是绅士般的打住；假如自己的旗袍没有被竹椅子挂住，发出那声撕裂般的声响……

后来的回忆中，子建经常想起那一个个细节：他们是坐在竹椅子上的，在高大的栗子树下，他们两个并肩而坐。对于见面，子建有过许多浪漫的设想，甚至……都带来了换洗的衣服，如果可能，自己也许会在这里住下。可是意想不到的情况发生了，就在激情的吻接近她时，自己的真丝旗袍却发出了撕裂的声响。她直到现在也想不明白，究竟是因为躲避而扭动身体撕裂了旗袍，还是因为旗袍的撕裂声惊醒了她的梦，从而使她躲避开激情的热吻。总之，子建那件漂亮的真丝旗袍裂开了，像是一种征兆，或者是暗示了一个结局。

她就像来的时候那样决绝，飞一般的逃离了那个地方。走之前她在饭店服务员的卧室，换上了她带来的另一件华美的旗袍。

五

暑假结束了，子建回到原来的轨道中。奇迹般地，她和自己的丈夫和好如初了！原因很简单，回到家中的子建被一串甜蜜的微笑所迎接。她像一块硬硬的坚冰，在温热的目光中融化了。

只是，电脑的对面，仍有一双关切的眼睛在注视着她，她时时能感受到那束目光的火热。

子建的电脑旁边放着一个精美的花瓶，上面有一种天然的裂纹和瑰丽的色彩——近乎完美的绚丽和美妙。子建知道那叫“窑变”，是泥巴上釉后在烧制过程中因意外而带来的奇特变化。子建常常在想，自己的故乡之行，会不会也是这样一场感情的“窑变”呢？

在夏天抵达

我宁愿相信这只是一个梦，一个关于飞翔和存在的梦。在岁月的边缘，谁能走得更远？

——题记

叶子任他这样牵着手，在烈日下慢慢走着，两边的山峰缓缓退去，小溪用随意的笔画书写着弯弯曲曲，清澈透凉的感觉沁上夏天的心。

你是要看山，还是要看山里的水，或者水里的鱼？龙飞这样问着。其实他早已经深入到她的爱情，随着她的呼吸而呼吸着。

我想看山里的水，还有山之梦。你告诉我从哪里可以看得到？叶子仍然这样反应敏捷。

本来龙飞是要借一辆车的，自己的二手车实在有些陈旧，可是在临走的时候，他改变了主意。开着自己的白云一样颜色的车来到洗车场，里里外外好好地清洗了一遍，清爽的感觉扑面而来。

细节是重要的，龙飞知道叶子和自己一样，都是追求完美的人。

他今天特意换了一身红色的T恤，虽然不是奢华的名牌，却是自己喜欢的颜色，火热而富有激情，很能代表他的心境。

两个半小时的路程。尽管飞机晚到了18分钟，在机场的出站口，龙飞还是一眼就认出了叶子。

这里就是著名的泰山了！叶子顺着龙飞的指引，看远处云端里的山顶，还有云端外面的风景。十八盘是泰山的著名标志，这架倒悬的石头路，就像是连接天宫和人间的纽带。

仔细看看，每一块石级上，都有先人的足迹；随手拾起一片树叶，竟然连接着沧桑的时光。5000年的文字记载，72位皇帝莅临。泰山有着太多的荣耀和辉煌。

叶子突然间有些恍惚，不知道自己为什么来泰山，为什么要在这里寻找。如果说是文化和自然的魅力吸引着她，毋宁说是泰山人在呼唤着她，吸引着她……

身边的这个男人就是她此行的目的吗？她举头望天，没有明月，只有一团不知何朝何代的白云飘过，把一个漂浮的影子投了下来。

你喜欢石头吗？

……喜欢。

你喜欢2亿年前的泰山石吗？粗犷、原始、充满了力量和沧桑。石头上面是灰色的花岗岩特有的颜色，由于地壳的运动，岩石的相互侵入，石头表面不时出现白色的色带，在古朴而暗淡的石头表面形成巨大的反差，带给人们强烈的视觉冲击。在艺术家的眼里，这样的石头体现了岁月的流淌和时光的痕迹，而无序的排列更形成了多变的可能，你可以从石头的花纹上，想象文字的博大或者世界万物的形象。

……我喜欢！我更喜欢这个酷爱自己家乡和文化的人！

这样的泰山石叫作泰山卵石，只有在泰山的深处，在人迹罕至的河道里，才能够找到。

……我要跟你去泰山的深处，捡石头去！

当叶子站在泰山古老的河道里的时候，发现面对石头就像面对他一样，在自己虚无的感觉里面缥缈着，她抓不到真实的衣襟。

石头和人的相遇是要有缘分的，就像两个人的相遇。多少人从这里走过，多少人在这里寻觅，可是这块石头只是为了你的到来，才会在上亿年的寂寞时光里等待。石头从棱角分明等成了光滑圆润，唯一没有变化的就是它内心的坚硬和顽强。你来了，从时间的长河里，你发现了它，将它捡了起来，放到了你的案头。于是，它呼吸着你的呼吸，快乐着你的快乐，在每一个沉沉的夜里，享受着黑夜带来的宁静与安详、思念与渴望。

只是一块普通的石头，你却从它的身上向着岁月的纵深看到了 2 亿年的光景，从横的截面看到了等待的深沉。

在夏天抵达。叶子不知道自己是不是也在寻找着这样一个相逢。

叶子知道，站在一个祖先曾经站立过的地方，容易找寻到文化和根的梦；而站在时光的河流里，更容易感到生命的渺小和爱情的永恒。

爱情！当叶子想到这个词的时候，心脏好像被什么温柔的东西击中。

泰山的特点是山有多高，水就有多高。一年四季，泰山溪流不断。由于海拔高度为 1545 米，温度的差别造成了许多奇特的现象。清朝一位诗人就曾写下这样优美的诗歌："樱桃生涧底，石上多古苔。山下花已落，山头花未开。"

这是写给我的吗？听着龙飞的介绍，叶子惊奇不已，因为她的名字里面就有花字，她总感觉自己就是清人笔下的主角。如果说缘定前世的话，那么这样的巧合更是充满了暗示。

喜欢陶渊明的桃花源吗？泰山到处有这样的地方，听听它们的名字就够了——桃花源、桃花峪、锦绣山谷、樱桃园，这样的地方最适合梦和幻想居住。在山里盖一间石头屋子，打一口压水井，门前养一群山鸡，家里养几个孩子，推开窗子听溪水流动的声音，抬起头来看星星滑落的美丽，人生如此，夫复何求？

龙飞的声音总是这样充满诱惑，叶子听到这里已经不能自持……

叶子来这里是因为泰山吗？感性而美丽的叶子在迎合谁的呼唤呢？龙飞是一个十足的男人，他知道自己有着足够的魅力。可是他无法把握未来，就像无法把握琴声里飞落的音符一样。

“时间是飞鸟掠过的影子，它的形象中圆睁着我的眼睛。”埃利蒂斯在遥远的地方低语着。龙飞打开生命的欲望之门，准备迎接新娘的莅临……

夏天是生命的火热，是激情的燃烧，在泰山的怀抱里，爱情开始抵达……

等待

每一天太阳都从东方升起，又从西方落下，像一只不变的陀螺，旋着美丽的圆圈。

我常常坐在窗前看世界，窗外是楼房，楼房挡住了视线。幸好有阳光被楼房反射过来，使我能根据这些颜色，猜测一下太阳的热度。或者就去想象天空中的某一片云，如何自由地飘，如何被风挟着不自由地飘，心中就会涌起一种近似白色的轻松和沉重。

常常独自一人走进深夜，听树叶在身边发出悲哀或者快活的声音，把一缕一缕不可见的感情，随手升上树梢。那黑黑的夜好像一层滤网，过滤我已经浑浊的目光。沿着公路不知不觉就走出很远很远，好像是赴一个什么约会，又像是参加一场追悼，只有被空中的星星惊醒时，才狠狠击一下头，轻轻自问一声：你要干什么去？

要什么呢？要干什么呢？这些问题像条蛇紧紧地缠住我的身体，我每每惊醒于梦境，坐起后望着窗外月光满地的迷惘，听着秋虫渐渐凉去的声音，一种巨大的孤独顷刻之间就会压上全身，茫然地滚下两行无端

提高现代文阅读和写作成绩的金钥匙

夏海涛作品
现代文阅读试题详解

玻璃孩子

让我来讲一个故事，一个关于玻璃的故事。许多人在许多年前就已经历过了，可现在，这故事仍然投射出一千种美丽。

一个孩子在清晨来到原野，那是大自然最美丽的时分。清晨的光线披着一层绒状的光洁，轻盈的脚步把整个田野鼓荡得激动不已。孩子张开稚嫩的臂膀，像一株太阳花那样摇着，一种静谧的气息悄然而至。

“玻璃啊，玻璃啊！”孩子喊了起来，声音传出很远很远，仿佛撞到了玻璃之上，又从遥远处渐次返回，“玻璃……玻璃……”，声音荡漾着。

孩子兴奋起来，他被自己的声音所蛊惑，挥舞的手中便有了一种光芒在闪动。

太阳升起来了。

孩子是从唐朝或者更为久远的年代走来的，或者他就与我们同时代。他聚集了人类的一切特点：幼小、善良、过于天真，甚至还有某些不太实际的幻想。他对一切伤害都过于敏感，他是一个没有长大的孩子。但不是说他因此就软弱，其实幼小并不是软弱的同义词，即使在每个幼小者的身上，也蕴藏着无法估计的能量。这一方面源于生命本身的张力，另一方面源于善良和爱的巨大魅力。

孩子就这样子来了。他越走越近，以至于我能清晰地看到他的面目，看清他手中握着的那块晶莹透明的玻璃。

我敢说这绝不是什么通灵宝玉或天然水晶，而是一块实实在在的玻璃。至于是否被唐朝的李贺敲击过就不得而知了，但它的纯正、它的透明，以及它咄咄逼人的光芒使我坚信：它是一块真正的玻璃！

“玻璃！”孩子轻声地说着，他说这话时，眼睛熠熠闪光。

“玻璃的故乡在哪里？”孩子对着每一张陌生的面孔发问。

他似乎并不需要回答，径直从我们中间走过去，仍然自言自语：“玻璃是否会照亮所有的道路？”

就这样，我跟着他的身影一路走去。远方的朋友，让我向你讲述我所经历的一切。

原来玻璃并非天然的结晶，所有的玻璃都是从石英中演化而来。在寂寞的地层深处，石英似一群潜伏深深的精灵，紧紧地融进石头中间，把自己生命中的每一个细胞、每一种元素都掰开来并细细揉进去，使自己成为岩石的一部分。于是，石英和岩石交融在一起，它们支撑着大地，便也成为大地。

这是我们所共知的事实。

还有一部分石英像所有地狱中的生命一样，生活在一种极度压抑的空间。这里有洪荒之前的灼热，这里有毁灭一切的魔鬼般的神力，在地球内部，它们以岩浆的渴望随时随地都在寻找着出口，并时刻梦想着覆盖这个世界。

这是石英的另一种存在形式。

还有一部分石英，便是那种优秀的分子了，它们纯净、洁白，或者以其他纯粹的颜色聚集着，它们团结的构造使得自己具备了承受一切苦难的秉性。这部分石英通常被人们十分珍爱地挖掘出来并送往太阳的熔炉。

石英在这里便袒露了自己。它们在烈火的感召下，放弃了自己的最后一点杂念，在热浪中熔化、升华，然后在一个晴朗的天气重新出走，成为一方纯净无瑕的玻璃。

玻璃来自童话的故乡，来自梦和力量的故乡。玻璃有着坚强的力度，它的坚强可以承受一切压力；玻璃有着透明的眼睛，它的透明可以穿透黑暗而达到阳光的高度！

玻璃诞生的过程，其实包含了超脱苦难的艰难！

“可是玻璃是多么易碎啊！”我的前面，孩子正手捧玻璃深深地叹息着，他说话时的神情正好映照着一堆破碎的玻璃。

多么易碎啊，在身边，在随处可见的地方，玻璃破碎着，化为无数片细碎的晶体，像滴滴永不干涸的泪珠。

孩子在前面走着，他的背影幼小却充满了真情。我紧紧跟在后面，生怕被他抛弃。

“霜降了！”他回过头来说，天空中果然泛起一层淡淡的白霜，树上的叶子瞬间变得金黄。

他手中的玻璃依然那样闪亮，就像我们第一次见到时的那个样子。

“善良的玻璃碎了。”他说，“可玻璃永远是玻璃！”说完孩子转身走进了手中的玻璃，然后不停地走下去。

远方的朋友们，这就是我所讲述的故事。我相信，你们一定会从身边的人群中找到这个玻璃孩子。

1. 阅读全文，结合文章内容，说一说玻璃孩子具有怎样的品质。

2. 按要求赏析句子。

（1）孩子张开稚嫩的臂膀，像一株太阳花那样摇着。（从修辞角度）

（2）石英似一群潜伏深深的精灵，紧紧地融进石头中间，把自己生命的每一个细胞、每一种元素都掰开来并细细揉进去，使自己成为岩石的一部分。（说说加点词语的表达效果）

3. 如何理解这句话：“善良的玻璃碎了。”他说，“可玻璃永远是玻璃。”

4. 文中用大量篇幅描写玻璃的来源以及诞生过程，有何作用？

参考答案：

1. 玻璃孩子幼小、善良，过于天真，但他“来自梦和力量的故乡”，因此他充满了正能量，他也拥有玻璃的品质，通透、纯净、超脱苦难而来，他执着追寻故乡，自己选择的道路能坚持走下去。

2.（1）运用比喻，生动形象地写出了玻璃孩子在原野中的情状，富有生机，充满朝气。

（2）写出石英成为大地一部分的过程，表达了作者对这些“精灵”的赞美。

3. 善良就像玻璃，虽然碎了，但是碎了的玻璃还是玻璃，破碎的善良还是善良，并不会因为外形的改变而导致内心的改变。

4. 文中用大量篇幅详细描述了玻璃的来源以及诞生的过程，让读者能够明白，玻璃并不是想象中的那么脆弱，易碎的玻璃有着无可比拟的强度，它可以承受很多压力，其硬度超出人们的预料，并蕴含只要超脱苦难，便可以成功的哲理。

五彩河

那山太高了，据说站在山上，就可以看到东海日出。在整个华北大平原上，那山就像块巨大而突兀的石头，非仰视不可望其项！

河水就是从山上流下来的，弯弯曲曲流了几十里，到苑庄的时候已经细成了一根线。细归细，却总也不断流。千百年来，但见爷爷入土，孙子成了爷爷，那河依然淡淡地流着。

由于久远，关于河就有了许多传说。早先年间，有一个探宝的南方人游经此地，被这里的风水所吸引。他逆流而上，在大山的一个悬崖上发现了玄机。探宝人在悬崖的水流较缓处挖了一个酒盅大小的洞，然后离去。每年的大年三十夜里，他都要来此，从洞中取走满满一盅金子。

那个探宝人临死前将这个秘密告诉了他的儿子。儿子看酒盅大小的洞实在太小，便贪婪地将洞挖成了墓穴一样大小。第二年，除了一堆沙子，他什么也没有得到。

这个故事被老人们传了一代又一代，既为贪婪者可怜，又为这条河庆幸，毕竟因此才保留了满河的金沙和风水。

河水经由此地，流向了更远的地方。有人说是注入了湖，有人说是注入了海，但不管怎么样，苑庄因了这一河清流而人丁兴旺。“好风水呢！”老人常常捋着胡子陶醉着，日头在他身后升起复又落下。

这河清澈而又明亮，两岸的柳树沿河数十里，远远望去，柳绿水清，真像是梦中的景致。更远处，是一望无际空旷寂寥的平原，玉米齐刷刷地绿遍天涯。为什么这样一条河要叫五彩河呢？好奇的孩子常常会这样发问。

其实，五彩河是故事中的一条河，五彩河的颜色因了神话的色彩而绚丽多姿。

据说在每年的农历六月，河水因为季节的改变而日益宽泛，水质却不会因雨水的增加而有丝毫浑浊。须晴日，光线媚人，气息氤氲，在静静的河面上，人们会发现一层五彩的光晕！

这便是天地孕育的灵气！这便是庇护人们生存的神仙的踪影。

五彩河由此而得名，也由此被人们蒙上了一层神秘。多少年来，这灵光就一直半隐半现地存在着，非大贤大德之人不可见到。据说，三国时东阿王曹植曾留下名诗《驱车篇》，内有“五岳专其名……上有涌醴泉，玉石扬华英……”的句子，这醴泉所涌，当是五彩河之发端了。七步成诗，下笔有神的“建安七子”，当是凭借其诗才得以窥见五彩河的面目的吧？

又说千年前这里出过父子双状元梁灏、梁固爷俩，在中国历史上绝无仅有，其祖先早已在此河上窥见过五彩河的灵光。

“灵光现，圣人出；灵光显，厄运到！”每当五彩河的灵光出现的时候，不是五谷丰登便是灾难临头，不是圣人出现就是皇帝驾崩，所有的解释对五彩河都失去了作用，千百年来，神秘的五彩河只在神秘中流淌不息。

然而，谁也没有想到，这河又一次闪现出五彩斑斓的光！

那是一个淡淡的黄昏，夏日的太阳疲惫地西沉，仿佛已经不堪亿万年的重负。那大山依然稳稳地坐在大平原上，成为这条河的一个永远不变的背景。

一个孩子放学归来，沿着石头砌起来的河岸默默走着，他那孤独的思索状与他小小的年龄极不相称。孩子的目光低垂着，好像要洞穿地球的厚度。突然，无意中的一瞥，他发现河面上掠过一丝五彩的颜色！

孩子惊呆了！他不相信自己窥见了这个古老的传说。他一遍又一遍地沿河岸来回走着，好像要证实这个发现。

天渐渐黑了，夜色像墨一样笼罩在孩子的头顶，他害怕极了，背着书包飞快地跑回家去。

秘密便在黑暗中保护下来。

第二天一早，孩子又急忙赶到了河边。旭日下，河面上果然闪过一丝若有若无的色彩。两个早起晨练的老人似乎也发现了这个秘密，他们对着孩子低下头，急忙走开了，好像怕别人知道似的。

这一天，孩子旷课了，他一整天都坐在河边。看着满河的五彩，他似乎嗅到了一种淡淡的芳香。孩子看到，所有发现这个秘密的大人彼此之间都不说话，心照不宣地对望一眼，然后急急走开。

第三天，越来越多的人涌向河边，对着满河的五彩欢呼鼓噪，仿佛在等待奇迹出现。只有孩子静静地远离人群，望着满河的五彩发呆。他已经发现，那种芳香的气味越来越浓重了，好像要穿破五脏六腑。他感到一阵透骨的寒意。

第四天……

第五天……

人们渐渐发现了这五彩的不同。人们也渐渐被刺鼻的味道所震动。难道是油？难道是油污？望着满河漂浮的五彩，一种灾难的氛围渐次散开……

夕阳下，人们对着大山下林立的工厂远眺，呆立的身影像一片杂乱无章的墓碑。

一条河缓缓地流着，一条神秘的河，一条生命的河，一条即将死去的河……

1. 文章的标题“五彩河”有何深刻含义？

2. 文章中画线处运用了反语，请你说说在具体的语言环境中这些词语的含义。

（1）淡淡的芳香　　（2）欢呼鼓噪

3. 文章中写“五彩河”名字的由来有什么作用？

参考答案：

1.（1）第一层意思是说是那条河流的名字叫作“五彩河”；

（2）第二层意思是指“五彩河”被污染，河面上的油垢在太阳光下呈现出彩色的光。

2.（1）污染的河流上飘来的臭味；

（2）人们看到河流被污染后叽叽喳喳的争吵声。

3. 写五彩河名字的由来是为了和被污染后的河做对比。五彩河是因为河流有时会出现五彩的光芒而被命名，但是由于工厂排放的污水导致河水被污染，河面上漂浮着油渍，在阳光的照射下也散发着“光彩”。将传说中的神秘之美与当下的污浊之态做对比，表达出作者对河流被污染的沉重心情。

四片叶上的泰山

经常有外地的朋友问我：泰山离泰安市有多远？这话绝对不是空穴来风，都知道黄山市距离黄山有100多里路，在他们的想象中，泰山距泰安市也会有相当的距离。然而他们不知道的是：泰山与泰安市其实是山城一体，因为有了泰山，才有了“重于泰山”“稳如泰山”的中华文化，才有了“泰山安则天下安”的泰安城。

由此看来，泰山是以其雄浑和稳重在人们心中留下了深刻的记忆。所以，当我写下“四片叶上的泰山”这个题目时，似乎有点冒天下之大不韪了。

可是，这确实是一个独特的故事，主人公是一个地道的泰山农民。

许多年前，生活在泰山东麓范家庄的张玉清，从朋友那里看到过一本奇书，书名叫作《泰山药物志》。据说当时这本书存世的只有两本：一本是朋友手里的这本；还有一本则完整地保存在岱庙博物馆里。

《泰山药物志》是近代泰山名医高宗岳编纂的，也是五岳中最早出现的一本药物志。据书中记载：泰山有四大名药，分别是泰山何首乌、四叶参、黄精、紫草。高宗岳在写此书时，就把泰山四叶参放进了《古有而今无之特产》一章中，也就是说，在1939年这本书写成之前，四叶参就已经在泰山上不见了踪影。

这一下子就引起了张玉清的好奇。张玉清在当地算个奇人，他在生产队做过10年会计，练成了双手打算盘的绝招；后来做生产队长的时候，他领导的第五生产队在全乡最先分田到户，不光分田，连山地、果树和牲口也全部分掉，当年就解决了吃不饱的问题，自己家种的地瓜就收获了9000斤，是过去5年产量的总和。

1985年，张玉清37岁，即将步入不惑之年的他做了一个大胆的决定：寻找泰山四大名药，靠山吃山、靠水吃水，走一条与众不同的发家致富路。

与名医高宗岳相同的是，他们都是有梦的人，都为了自己的梦想而努力；同高宗岳不同的是，张玉清原本就是一个山民，初中尚未毕业就一头扎进了山里，为了生存开始长达几十年的摸爬滚打。在寻找四大名药的过程中，他几乎跑遍了泰山的山山水水。

许多奇异的现象在寻找过程中不断显现。一天早上，他和伙伴进山寻找四叶参，突然，一片又一片的石头从身后飞来，几乎是擦着耳根子飞过。回头看去，却什么东西都没有，只听见河对面的深谷里传来一阵又一阵风的低吼……

还有一次，他带着侄子进山找参，突然闻到一股奇异的香味。侄子惊奇地问道：叔，怎么这么香啊？谁在这荒山僻岭做饭啊？嘘——，张玉清用手做了一个禁止发声的手势：这就是传说中的仙家请客呢！我们快走吧……

泰山是神秘的，泰山四叶参也是神秘的。这更坚定了张玉清寻找的决心和信心。时间到了2000年，泰安电视台要拍一个山东各地的专题，其中一个选题就是拍摄泰山四大名药。几经辗转，摄制组找到了张玉清。虽然这些年他从泰山上找到了何首乌、黄精、紫草并进行了大规模的养殖和开发，但是泰山四叶参失踪了近百年，至今没有找到。四大名药三缺一，这电视没法拍啊！

换一个思路也许就能成就一件事情。张玉清突然灵光一现，他把四叶参的图片复印好，发给了远在威海昆嵛山的一个朋友，请他在当地寻找。他记得药典上曾经说过，四叶参泰山有，崂山有，昆嵛山也有。

四叶参又名奶参、羊乳、山海螺、白蟒肉、狗头参、乳头薯、乳薯，生于山坡、林丛、河谷两边等较阴湿的地方。昆嵛山森林覆盖率高达92%，是全球同纬度生物多样性最丰富的地区之一。不久即传来消息，在昆嵛山的一个支脉磪山上，发现了“疑似四叶参”。此时正是2000年的8月下旬，听到这个消息后，张玉清立刻启程，赶赴威海与朋友会合。电视台的记者也闻风而动，全程跟踪拍摄。

他们扎着袖口和裤腿，用树枝抽打着野草，在毒蛇出没的山中终于找到了第一株正在开花的四叶参。

张玉清的眼泪一下子就流了出来。15年的寻找，终于梦想成真！2000年8月27日，从此印在了张玉清的心上。这一天他们一共找到了8株四叶参。够了，足够了！一个庄严的想法从他脑海里形成：我要接四叶参回家！

一个半月后，张玉清再次来到碏山，采集到一把成熟了的四叶参的种子，并把这8株四叶参挪回泰山。

原本是要靠四大名药发家致富的张玉清，这时做了一个让别人始料不及的决定：他要每年的3月都到泰山上义播，让已经人工驯化了的四大名药重返泰山，回归自然。

2001年的3月20日，气温还在零度上下徘徊。为了打破种子的休眠，他带着乡亲，冒着严寒出现在泰山的背阴处。义播的过程既神秘又隆重。说隆重，是因为他们在做一件别人从未做过的事情，他们要让失踪近百年的四叶参回到泰山。说神秘，是因为种子来之不易，不能让别人轻易看到，他怕贪婪的念头会毁掉这些幼小的苗苗。张玉清让同去的伙伴只管种植黄精和紫草，他自己亲自播种四叶参。以至于几年之后，侄子还恳求他：叔，找时间带俺们看看咱种的四叶参，也不知长啥样了。

2005年3月23日一大早，一架直升机停在了泰安长城路的停机坪，准备进行声势浩大的飞机义播。张玉清登上飞机，将100万粒泰山四大名药的种子播撒在泰山人迹罕至的地方……

我与张玉清的缘分一直没有断过。7月的一天，我为了采访而再次坐在他的紫藤庄园时，问了一句：老大哥，你现在有庄园、有公司，还有那么多的农民种植户，你说你还是个农民吗？

张玉清笑了：当然是了！不过我是一个没上过学的、40后的泰山新型农民！他在强调自己新农民身份的同时，没有忘记泰山，还顺便调侃了一下自己的年龄。

这是一个关于寻找的故事。我对面的张玉清不仅找回了泰山四叶参，更找到了泰山农民的根……

四片叶子托起的泰山，此时竟是如此之高远，它不再是一座物质的山，而成为一种精神的向度……

1. 这是一个关于寻找的故事，请认真阅读文章，理解“寻找”的历程。

2. 请你结合文章内容，剖析一下题目“四片叶上的泰山”蕴含的深刻含义。

3. 请结合文章内容，说一说张玉清是个怎样的人。

4. 张玉清刚开始是抱着什么样的心态寻找四叶参，后来呢，为什么会发生这样的变化？

参考答案：

1. 偶知四叶参—决定寻找四叶参—寻到四叶参—义播四叶参。

2. 或重于泰山，或轻于鸿毛，泰山在传统文化中是一个特别的隐喻。用“四片叶上的泰山”做题目，是写四叶参上所托举的精神，有着泰山一样的重量。

3. 张玉清是泰山下一个普普通通的药农，但又是一个正直、善良、有毅力、有梦想、境界高远的新时代的农民。

4. 张玉清是抱着发家致富的单纯目的寻找四叶参的。15 年的寻找过程，也是泰山的寻根过程。在泰山博大精神的感召下，他从寻找四叶参开始，到最后在泰山上义播四叶参为止，完成了从物质追求到精神追求的升华。

桑

这是期待的那朵白云吗？桑儿撩起汗水浸湿的长发，随便地望了一眼。湛蓝湛蓝的天空上，点缀着几朵棉花云。白云团被微风用一根细绳牵着走，婀娜的步姿透出一股难以言传的风情。

“像蚕一样柔呢。”桑儿想着，又抬头望了一眼天。

一大片桑林轰轰烈烈地绿在白云下面，桑儿走在中间，像一片叶子融在了林中。采桑呢，桑儿对着白云说话。那云不知是否听懂了，像蚕一样蠕动着，慢慢地消失在远方。

桑亭亭地立在地上，泥土的底蕴丰富在青春的枝头，数度春秋，桑已像母亲一样披满绿叶了。

桑说，我是为蚕生的。

桑说，我是为白云生的。

桑儿穿过浓密的林子采桑。每天早晨，叶上滚动的露珠是桑儿手中的珍珠。好清脆呢，桑儿说着，用纯净的耳朵去倾听两颗露珠的撞击。蚕是露珠的精灵，难怪蚕这鬼东西长得丰满欲滴。桑儿暗自笑了起来。她笑起来的时候，太阳就在东边脸红了。

蚕是吃桑长大的，蚕宝宝从小要经过四次蜕变，要在桑叶的清香中死过四次，才能变成真正的蚕宝宝。雪白的身子，即使是在黑暗中，那雪白也会像利剑一样夺人双目。桑儿喜欢蚕，喜欢这种古老的毫无抵抗力的虫子。桑儿用手指蘸着口水，一笔一画地写着“天虫”——蚕。还天虫呢，柔软无骨的天虫！桑儿用柔柔的口气嗔着。

桑儿每天采桑，看着雪白的液汁流出，心中便充满了哀伤。“她流泪呢！”桑儿一遍遍地想着，却又无助地一次次去采摘着，直到把篮子装得满满的。

桑儿的篮子很大，是荆条编成的，柔韧的荆条被刀劈开，经过穿梭变成了篮子，荆条的生命就在篮子上延续。桑儿用大篮子盛桑叶，绿绿的叶子就整齐地卧在篮里，像一群等待献身的战士。

真的像牺牲的战士，桑儿胡乱地想着，被自己的想法打击了一下，情绪有点低落。桑叶离开桑枝时流出了白色的液体，很浓很浓的，不带任何杂色，是泪水呢！桑儿的胸口很小心地疼了一下，桑儿的心非常脆弱。

桑生来就要被摘呢！桑儿深深地叹息。蚕吃桑叶，可谁吃蚕呢？桑儿知道，经过四次生死的蚕变成了蚕宝，吐丝、织茧、变蛹、成虫，然后撒下希望之卵，然后死去。可是只有极少数的蚕能够走完这个过程，大部分的蚕在自己织就的巢中，怀着一个美丽的梦就死掉了。它们甚至没有选择自己生死的权利。桑儿对蚕怀着更深刻的同情了。

“不易呢。”桑儿对蚕说。

“不易呢。”桑儿对自己说。

桑儿便给自己编一些故事。桑儿想，叶子是天空，蚕是白云。每天采桑时，她总是不时地望一眼天空，期待着会有一朵白云飘过。

白云是蚕的精灵，那五彩缤纷的朝霞、晚霞，那一道道横跨天际的彩虹，全是蚕的灵气变的！桑儿从未穿过丝织衣服，可桑儿知道，那是她的桑叶变的，是她的蚕宝宝变的！桑的韧性被蚕吸收，变成了一根根白色的柔丝，变成了一朵朵五彩的云霞。

只变换了一下呢！桑儿为自己想出的理由而高兴。桑是不会死的，蚕是不会死的，都活在另一种形式里了！桑儿被自己的想法感动了。她采桑时经常静静地看一会儿天，看一朵又一朵飘过的白云。

桑在白云下轰轰烈烈地绿着。

1．阅读全文，说说标题“桑”指的是谁。

2．结合文章内容，说说桑是个怎样的人。

3．按要求赏析句子。

（1）桑儿用大篮子盛桑叶，绿绿的叶子就整齐地卧在篮里，像一群等待献身的战士。（请从修辞角度赏析句子）

（2）桑在白云下轰轰烈烈地绿着。（请说说加点的“绿”字表达的效果）

4．请说说你对“桑是不会死的，蚕是不会死的，都活在另一种形式里了”这句话的理解。

参考答案：

1．“桑”是文中的主人公桑儿，她采桑养蚕；桑也是指养蚕的桑叶。

2．桑儿从早就开始工作，可见她勤劳；会把桑叶整齐摆放，可见她细心、能干；她多情，会为桑叶的牺牲心疼；她聪慧，领悟到桑和蚕的价值。

3．（1）运用比喻，把静卧在篮里的桑叶，比作等待献身的战士，生动形象地写出了桑叶摆放的情态，从侧面表现出桑儿姑娘工作的细致，也暗含她对即将献出生命的桑叶的心痛。

（2）“绿”是形容词，在这里作动词用，写出了桑叶生长的茂盛，富有生机。

4. 这是桑儿领悟了桑与蚕的价值，赞扬桑叶和蚕的奉献精神。

一个人的泰山

（1）泰山是属于一个人的。这话听起来未免有些离谱。但是，正像每个人都有自己不可言说的秘密一样，一座山属于一个人，也一定有不为人知的原因。

（2）我要讲的是泰山下一个平凡人的故事，他与我的生命息息相关。

（3）1948年的秋天，一群意气风发、神采飞扬的小伙子，背着铺盖卷从泰山脚下走出，他们平均年龄只有18岁，是一群懵懵懂懂的年轻人。他们有的姓贾，有的姓夏，有的姓许，在刚刚解放的泰安城，他们是一群有文化的青年，他们打破了好男不当兵的传统惯例，成群结队地走向了中国人民解放军某医护学校，在经过了短短半年的速成学习之后，成为医生。他们随着浩浩荡荡的南下大军，登上了开往南方的铁皮列车。

（4）69年后的今天，当我写这篇回忆文章的时候，这伙人已经全部离开我们去了天堂。不过，即使他们现在仍然健在，我也不会把他们一一认出，我只是对其中的一位特别熟悉。他给自己起的字号里面有一个“岱”字，那是他南下的时候，从故乡大山上扯下的一枚文字，他把它别在了胸前。我是后来从他抽屉里的一块石头印章上读到的，上面的名字是“岱峰”。

（5）虽然那时候距离我的出生还有16年时间，但是他已经命中注定将会成为我的父亲。

（6）他走过四川、重庆、湖北，最后落脚在了湖南省湘潭市，那里有一座苏联援建的兵工厂。如果不出意外，他会像很多人一样，在诗情画意、烟雨朦胧的南方成家立业、娶妻生子。可是他没有。离家之际他就定下了婚约，那时候我19岁的年轻母亲正在距离泰山10里的地方，在一个叫“十里河”的小村庄，等待着父亲的花轿，等待着时光的流动和我们这群儿女的出生。

（7）人生就是这样奇妙，不管走了千里万里，泰山只用一枚文字，就牵住了游子的心。

（8）从1948年离开泰安，到1969年底由湖南返回山东，父亲在南方一共生活了21年。他在南方的烟雨里度过了自己完整的青年时代。时光的尘埃已经淹没了往昔的一切，我不知道当初喜欢打篮球、跳舞、写诗且热爱生活的医生父亲，是如何的潇洒与风流倜傥。那时候我还没有出生，即使后来我长到了4岁，也实在记不得那时的一切了，父亲的青年时代在我脑海里是一片空白。

（9）成年后，我从父亲的一本陈旧的硬壳日记本上，读到了他当年写下的一首小诗：

四川人说，四川有座峨眉山，离天只有三尺三
湖北人说，湖北有座黄鹤楼，楼顶还在天里头

（10）30岁的父亲激情满怀，1960年元旦的阳光在他脸上映照出迷人的光彩。父亲奋笔疾书：

我又何尝不爱自己的故乡呢？

富饶的土地　雄伟的泰山

苍松翠柏　万紫千红

黄鹤楼怎及唐槐汉柏

返老还童　延绵千年

峨眉怎能与五岳之尊相比

喷云吐雾　瞬息万变

日观峰　观日出

涉洋过海前来观瞻……

（11）泰山成了父亲心中的砝码，放上去，能翘起所有的思念。在时光的某个节点上，这架天平倾斜了。一种不可抑制的思念，让人到中年的父亲做出了一个令所有人不解的决定：回故乡去！回故乡去！

（12）正是基于这样一种信念，独身南下的父亲终于历经艰难，携妻带子一家 5 口，千里迢迢从湖南省调回了山东省的一家兵工厂。尽管兵工厂坐落在沂蒙山，但是在父亲的心中，离故乡泰山又近了一步。

（13）我在湖南出生并长到了 4 岁，跟父亲回到山东老家，并在距离故乡 300 里之外的大山里长大成人，直到 23 岁，我学成毕业，才真正回到泰安小城，回到了泰山的怀抱。

（14）其间，我每年都会跟随父亲回故乡走亲访友，但每次都是来去匆匆。故乡的样子是模糊的，唯有泰山的模样是高大的、需要仰视的。但是，当我真正踏上故乡的土地，真正回归了泰山，却感觉到了一种从未有过的亲近。我想，泰山一定是沿着父亲的血脉抄近路走来的，在母亲的童谣里，在一直未曾改变的乡音里，泰山的根须一直生长着，它不是飘在空中，而是以不可预见的姿态，渗透进我的经络。

（15）泰山于我有了更多实际的意义：我在泰山下安营扎寨，成家立业，娶妻生子，陪伴年迈的父母颐养天年。老父亲经常拄着拐杖，推开我家朝北的窗户，与泰山十八盘遥遥对视。

（16）在繁忙的工作之余，我会偶尔动一下念头，想和父亲好好谈谈，想为他这样一个平凡的小人物写一部传记。我总以为自己有的是时间，有的是机会，我计划抽出一段长长的时间，和父亲好好聊聊。然而一次不期而至的脑血栓让父亲倒了下去，在 ICU 病房待了 13 天后，年迈的他和魔鬼达成了共识，以放弃语言和肢体的活动能力换回了残缺的生命，在躺了两年之后，父亲带着一生的秘密离去……

（17）平淡无奇的安定日子离我而去，生命中不可预知的灾难接踵而至……

（18）直到有一天，泰山埋葬了我夭折的子嗣，埋葬了我年迈的父母，我与泰山一下子就有了血脉联系。那里有我的血、我的肉、我的骨，我一下子就成了这座山的一部分，成为那里的一捧土、一粒尘埃。

（19）埋葬着我的祖先，也埋葬着我的父母的泰山，终将埋葬我的骨灰。泰山从未如此具体地和一个普通生命亲近。这是我父亲的秘密，也是我个人的秘密，生命中的种种预言全都写在里面……

（20）9 年前，不惑之年的我，像当年出走的父亲一样离开泰山来到泉城。仿佛这样的出走正好测试泰山在我生命中的分量。离开之后才发现，泰山离我却越来越近了！

（21）我是空着两手离开故乡的，像父亲一样，我也只带走了一个名字。当你打开电脑，在网络中碰巧遇见“天下第一山下”这个称谓时，不要诧异它的怪诞，它其实是别在游子身上的一枚泰山的标志。

（22）每周周末，我都要开车穿越泰山，回到故乡泰安；周一一早，再穿过泰山回到泉城。在这条不足 70 公里的山道上，我从山南到山北已经走了 400 多个来回。与泰山有着别样情怀的我，对泰山的了解，已深入骨髓。

（23）见惯了夜色苍茫和晨曦初照，泰山终究成为我一个人的山。

1. 题目为“一个人的泰山”，“一个人”指的是谁？为什么？

2. 文章第（9）（10）两段引用父亲写的小诗有何作用？

3. 说说你对文章第（20）段画线句子的理解。

参考答案：

1. 指的是父亲和“我”。文章讲述的是父亲离乡又回到家乡“泰山”的故事；而“我”也追随了父辈的脚步，离乡后又回乡。父亲与“我”都演绎了游子对故土的思念，并最终归根于故土。所以，“一个人”指的是父亲和“我”两个人。

2. 文章第（9）（10）两段引用父亲的小诗，让我们看到一个对故乡饱含强烈的思念之情的父亲，与下文“泰山成了父亲心中的砝码”相呼应，也为父亲决定回故乡做了铺垫。

3. 人总是要在离开家乡后，才会明白家乡在自己心中的分量，只有在离开后，才能拉近自己与家乡心中的距离。这句话表明家乡在“我”心中无可替代的地位，抒发对家乡的思念之情。

夏日的草莓

（1）夏天在白色遮阳帽边沿滚动着，城市的边缘，两个女孩子迷失了道路。哪里可以找到草莓？明姑娘个子高挑，她把大眼睛微微眯起，对着太阳瞄了瞄，然后用手一指：南面！向阳的地方才会有草莓。

（2）果然就有一股浓郁的气息扑鼻而来。明姑娘油亮的肤色，泛着健康的色彩。一只红喙鸟从天空中划过，“草莓鸟”！一直沉默的盲姑娘突然叫了起来，声音透着阳光的质地。这时候，明姑娘也看到了这只飞过头顶的小鸟。

（3）“两个姑娘被一只鸟带领着，走向一片白杨林中。”盲姑娘向同伴讲起了老祖母的故事，“林中的蘑菇房子有一人多高，松鼠和刺猬把洞开在向阳的方向。每天晚上，月亮出来的时候，夜风就摇动叶片，音乐响起来，婴儿在摇篮的枝头睡去，女歌手拿着一颗草莓开始发自内心的歌唱。”

（4）“那是一个神奇的地方吗？”明姑娘瞪大了好奇的眼睛。

（5）“不神奇。那里的泥土同所有的地方一样黝黑而且肥沃。你听，难道你没有听到一种声音在引导我们吗？”盲姑娘用手捧起温热的阳光。

（6）明姑娘也听到了这种召唤，一缕一缕，在心中回响着，像两片纯粹的金属发出的撞击。

（7）“我们怎样才能找到这个地方呢？”一走出城市，明姑娘就失去了辨别方向的能力，她放开盲姑娘的手，任她指引方向。

（8）“跟我走吧。老祖母说过，只要心中默念‘苑庄’，像呼唤父亲的名字，我们就能找到草莓。‘苑庄’是草莓的故乡。”盲姑娘说完脚下生风，仿佛生出了一千双眼睛。

（9）天空愈发明亮起来，一粒一粒晶莹的阳光像剥开皮的种子，闪动着成熟的温香。树枝愈发高大起来，两旁的麦子一垅一垅整齐而又随意地挺起身子，透明的风开始穿过夏天到达这里，空气中渐渐染上了清纯。

（10）“当你的声音没有回声时，你就到苑庄了。”盲姑娘红扑扑的脸上耀动着诱人的光泽，她的声音异常魅人。“让我们呼喊苑庄吧！”盲姑娘黑色的衣袖上扇起一朵漂亮的山花，两只蝴蝶围绕着它舞动着。

（11）“苑庄，我们到了吗？”盲姑娘独自喊道。蝴蝶落在了她的衣袖上。

（12）“苑庄，苑庄，我们到了吗？”明姑娘跟着喊道。巨大的寂静，仿佛天空消失了，3 秒钟后，一只布谷鸟在远远的林中突然叫响，“布谷，布谷”，声音雄伟嘹亮，瞬间世界又恢复了躁动。

（13）盲姑娘眼中一阵潮湿，好像母亲把热吻留在了眼窝。明姑娘觉察到了盲姑娘眼中那道闪动的光亮。“真美！”她不由自主地说道。这时，她们脚下早已青春芬芳，露珠挂满了嫩嫩的叶子。

（14）“鲜红的草莓原本是人们对上天的许诺。老祖母说过，人在洪水中曾经许诺：‘爱护我们的家园，直至永远。’天空中太阳鲜红，一大片草莓就这样诞生了。”盲姑娘用额头环顾四周，“炊烟已经升起来了，那是在为我们显示方向。”

（15）忽然，一种怪诞的声音从远处传来，紧接着一只黑色的东西旋着飓风横冲过来。“双面兽！”盲姑娘大惊失色，老祖母说过，双面兽又叫善恶兽，它集善恶于一身，善极使恶，恶极使善。它的到来不知会带来些什么。

（16）果然，天空只在瞬间就聚起了千万层乌云，雨水像开了堤的大河滚滚而下，雷电扶着长长的利刃从天空直刺下来，水漫了起来，整个世界陷进了无限的水中。

（17）一切只在瞬息之间。明姑娘被眼前的情景惊呆了。“救救我！救救我！”她的眼睛被雨水狠狠抽打着，适应了光明的眼睛被突如其来的黑暗弄得举手无措。盲姑娘安静地谛听着。习惯于黑暗已不再感到黑暗，盲姑娘心中一片透明。

（18）“苑庄，既是人们的家园，又是草莓的故乡。”老祖母从遥远的地方对盲姑娘说着。姑娘忽然顿悟了：“苑庄，苑庄，拯救我们吧！”盲姑娘话音刚落，雨顿时小了下来，天空开始放亮。

（19）然而雨季终究还是来了。绵绵小雨一直不停地下着，鸟声被浇灭了，麦子把沉重的头埋进泥泞，道路被水流带走，唯有一片茫茫的原野，在雨水中兀立。

（20）“草莓已经腐烂了！”盲姑娘哭了起来，她知道在她们到达之前，雨水已毁坏草莓——那些人与自然达成的默契。

（21）“再也没有什么草莓了！”明姑娘伤心地喊着，“再也没有草莓了！草莓！”明姑娘对着原野哭泣。

（22）“苑庄还在，草莓还会有的！”盲姑娘擦着失明的双眼，喃喃自语，泪流满面。

（23）“苑庄还在，草莓还会有的！”老祖母擦着失明的双眼对姑娘们讲着。明姑娘、盲姑娘围坐在祖母膝前，听着古老的故事，心中充满了幻想。

1. 文章极富象征性，请你阅读全文，细细揣摩，说说以下事物的象征义：

草莓：________________。

苑庄：________________。

双面兽：________________。

双面兽极善的一面：________________。

双面兽极恶的一面：________________。

2. 请赏析文中画线句子，说说该句运用了什么修辞手法，有什么作用。

天空愈发明亮起来，一粒一粒晶莹的阳光像剥开皮的种子，闪动着成熟的温香。

3. 文中描述了哪两位主要人物？请你就其中一位，谈谈你喜欢她的理由。

4. 如何理解“习惯于黑暗已不再感到黑暗”这句话？并说说它带给你怎样的启示。

参考答案：

1. 草莓：美好的希望，保卫家园的美好的理想。苑庄：生存的家园，产生希望的源头。双面兽：指雨水。双面兽极善的一面：指它滋润万物。双面兽极恶的一面：指雨水过大，破坏希望的存在。

2. 运用了比喻的修辞手法，将阳光比作剥开皮的种子，还带着成熟的温香，生动形象地刻画了夏日阳光光线的亮眼，以及夏天太阳所独有的温度。

3. 文章主要描写了盲姑娘和明姑娘两个人。盲姑娘的特点是虽然眼睛失去了光明，但是内心装着光亮，对所有事情都报以希望，是个乐观聪明的小姑娘。所以，我喜欢盲姑娘。

4. 明姑娘本身可以看得见，所以突然黑了就适应不了，而盲姑娘由于长期处于黑暗的环境中，眼睛适应了黑暗。所以，不管是晴天还是乌云密布，她都能适应。

无论现实生活中我们的眼睛是否看得见，我们都要做内心明亮的人，不论遇到什么样的挫折，都要内心装着光明、充满希望。

穿越棋山

什么样的奇迹都有可能发生。当我动身沿着大汶河逆流而上时，我知道，这将是一场魔幻之旅。

说逆流而上并不准确，准确的说法应该是沿着阳光的来路，向着东方前行。这很有意味，很有那种被文人们津津乐道的象征意味。大汶河是唯一一条自东向西流淌的大河，它的走向和阳光一致。

我所谓的逆行，也只是一种表达。我没有前人郦道元那样的毅力和耐性，我驾驶着飞驰的汽车，从泰山赶往莱芜。窗外急促倒行的风景，仿佛和传说中的故事一般无二。

那是一个久远的没有了特征的传说，每一次的述说都与时间有关，每一次的讲述都让人陷入一张蜘蛛织就的大网，在风中飘摇着，在丝线扯开的想象里，感受暂时的失意。

这是一个让人怦然心动的故事：

一个砍柴的小伙子，扛着他的斧头上山了，他的名字叫王质。因为贫穷，阳光的王质显得质朴可爱，他身上没有浮华的影子，本质上更接近原始的大山和单纯的石头，因此他才有可能作为使者，跨过人间和仙境，亲历万般传奇，触摸到时光的内核。

就这样，在棋山深处，樵夫王质第一次和棋相遇，和两个举着棋子的老者相遇。他看到石头被老者握着，一块一块摆上棋盘。他一定是惊呆了，他质朴的少年脸上满是惊讶，他不知道这样人迹罕至的地方会有这样一局棋，有这样两个老者气定神闲，举棋不语……

当我行走在泰莱大平原的时候，我的心被一种美妙的情感充盈。我知道棋山在莱芜市不过是一座海拔596米的小山，可是，烂柯的故事却将山的高度无限拔高，让想象直立起来，向着无穷无尽的苍穹生长……

山不在高，有仙则名。我想那两个鬓发飘飘的老者，已经改写了棋山的繁简体，从未谋面却又永远难忘，棋山就是以这样的方式，让每一个造访者变成了棋山上的一枚枚棋子。

此前从未谋面的文友老周却是一见如故，不知是因为他的文人气质，还是因为至圣先师孔子的缘故。说起来老周也是名门之后：他的86代高祖就是大名鼎鼎的周朝辅臣宰相周公，也是孔子的老师。孔老先生一再强调的“克己复礼”，就是恢复周朝的礼仪——这大概是有记载的至圣先师最早的老师了！

因为久远，因为醇厚，在这块古老的土地上，一切都有可能。你也许会遇见一些难以解释的人和事，这里的人们怀着质朴的情感认为，这很正常，发生的一切都是命中注定。

老周虽长得一表人才，可是举止贫民化，丝毫没有贵族气质。他像一本打开的地图，又像是一本地方志，他的讲述让棋山的故事渐入佳境。

……误入山中的少年樵夫王质，看棋看得如醉如痴。这一定是本质中的某种情感暗合了这样的情形，青石板上，几横几竖的深痕就是天然造就的棋盘了，棋子就是浑然天成的圆形石头。一手接着一手，一颗跟着一颗，石头仿佛有了灵性，有了生命，在一段奇异的时空中，辗转腾挪，舞动着，跳跃着，而拨动棋子的老者，却是那样淡定、从容，仿佛在轻轻抚动一粒尘埃，他的目光扫过广袤的大地，缥缈得仿佛没有分量。

少年王质随手接过老人递来的一颗枣子，含在嘴里，顿时津液丰沛，甘泉汹涌，时光掠过了少年的额头。王质在恍惚中，感觉到四周的树叶如同万花筒，一会儿绿过，一会儿黄过，各种色彩交互替换，如同窗外倒退的光景……

这就是棋山下我的老家！老周的话把人的思绪拉回了现世。是的，是现世，这是我们生存着、恪守的时光序列。

世界一定是由不同的序列组成的。人总是活在现世，而神仙们居住的是另一个时光空间，只是他们可以推开时光之门走入我们的生活，走进我们的文化或传说，而我们却无法走进他们的，我们只能在文字的描述中，感觉一次次精神恣意的飞翔。

老周的故事和棋山的关系很简单。下学后的老周耽于读书和写作，而这和农村的生活格格不入，于是看山就成了青年小周的最佳选择。

和王质不同，小周一年四季都在山上，这个被称为懒汉才干的活儿，对小周来说再合适不过，既满足了他的观山欲望，又提供了足够想象的空间和时间。

山和山是相连的，却分属不同的行政区划。邻村看山的大爷很看重这个小伙子，在和他聊熟之后就下山去了，第二天就派了自己的大闺女来看山。少男少女在浑然无拘的大自然中，一边看山，一边迎着阳光，在青色的草地上，畅谈着青春、未来和生命中的种种新奇。

我在这座大山行走的时候想象过，寂静的大山，是否因了两个单纯的生命，就变得更加柔情了一些？结论是否定的。大山依旧冷峻无语，青春只在记忆里留下了某些异样的色泽。

王质看棋不语，成就了千年的传说。小周看山，还不定隐藏着邻村大爷什么样的秘密呢！

……关于王质看棋的时间，没有人能够详细计算，传说中的王质只是感觉时间很短，甚至只有一盘棋的工夫。其中一个老者在下棋的间隙扭头说了一句：孩子你还不回去？！

王质如醍醐灌顶，从痴迷中清醒，提起插在地上的斧头就要转身，忽然间只摸到了一把锈迹斑斑的斧头，而坚硬的枣木把儿已然烂掉！

或许惦记着山下的亲人，王质顾不上多想，转身下山了。他步履匆匆，飞一样赶回村子，却发现物是人非！村落变得既熟悉又陌生，巨大的树木擎天，而祖居的房子早已不在，没有人认得他，人们看他时奇怪的眼神犹如看着一个天外来客。

天上方一日，人间已千年。王质怀着巨大的失落问自己：我是王质吗？知道我王质的人今安在？我不是王质吗？那么我又是谁？我在哪里？我是活在当世还是活在未来？……

王质的疑问我们早就听不到了。我们是活在当世的一群俗人，碰巧聚在了棋山，聚在了传说的起点，于是忍不住想听一听，山中是否会有王质留下的回声。

老周的故事依然和棋山有关。那个邻村大爷企图靠棋山撮合一桩好事的计划终究没有得逞。少年小周和那个青春烂漫的叫小棋的女孩子，单纯得没有一丝悬念。他们一起枕着青草仰望白云，讲着久远的故事，也曾在无聊时画一个棋盘，三横三竖，三颗石子，一天厮杀。

3 年后，小周招干成了干部，并在父母的包办下同表亲定亲，然后结婚生子。

20 年后的一天，老周在棋山下的一个集上买东西，想回家看看父母，突然听到有人叫他：小周，小周！老周心中诧异，是谁还用这样青春的嗓音在召唤？蓦然回首，他仿佛看见青春盈盈的小棋正站在远处。小周小周！碎掉的时间像落叶一样，瞬间飘满了 20 年的空间。仔细端详，小棋已经年轻不再，额头上纵横交错着，就像棋山上那深深浅浅的棋盘。

流水行去世代殊，石棋山上有樵夫。
至今传说樵柯烂，不识当年柯烂无。

老周颇有恍如隔世的感觉。

传说中的王质重新回到了棋山。在现世中，老人老屋老的一切不复存在，王质失去了存在的参照物，他成了这个世界上存在着的虚无！或许，他只有在另一个时空中，才能找到自己的坐标。于是，王质回到了棋山，回到了故事中……

现实中的老周成了作家，他把自己和小棋的经历写成了故事。不知道1000年之后，这段故事会不会变成棋山新的传奇。

只有我这个外乡人，站在这个仅有596米高的海拔上，远远眺望着滚滚流淌的大汶河……

河两畔，埋葬着新石器时期的石头和祖先；河之上，高悬着奔涌不息、亘古未变的苍穹。

1. 本文写作结构独特，采用平行的复线结构，将________的故事和____________的故事交错叙述，表现棋山的__________。

2. 请从语言角度，赏析下列句子。

青石板上，几横几竖的深痕就是天然造就的棋盘了，棋子就是浑然天成的圆形石头。一手接着一手，一颗跟着一颗，石头仿佛有了灵性，有了生命，在一段奇异的时空中，辗转腾挪，舞动着、跳跃着，而拨动棋子的老者，却那样淡定、从容，仿佛在轻轻抚动一粒尘埃，他的目光扫过广袤的大地，缥缈得仿佛没有分量。

3. 结合文章内容，说说“王质”和“老周”分别是怎么样的人。

4. 文章末尾写“我”这个外乡人站在棋山上眺望大汶河，“我”此时会有怎样的心理？

参考答案：

1. 本文写作结构独特，采用平行的复线结构，将王质观棋经历千年又回棋山的故事和老周与小棋看山的故事交错叙述，表现棋山的神奇、浪漫。

2. 这段话运用了拟人与比喻的手法，生动形象地写出了棋子精巧神奇的形状以及下棋老者的神态，语言诗意盎然，充满了迷人的魔幻色彩。

3. 樵夫王质是棋山传说中的人物，因为看神仙下棋而忘归，等回到家里时已物是人非，最终选择回到了棋山。他代表着人们对时间残酷性的思考。看山的老周是现实中的棋山人，这里有青梅竹马的小棋，有他年轻时的全部回忆，老周最后成了一名作家。他代表着现实生活中的人们面对时间的无奈以及种种努力。

4. 心理活动：感叹时光流逝，唯有大地、山川、风物依旧。

的泪水。

究竟在等待什么呢？

看着众多朋友、众多同类那样匆匆忙忙地活着，心中便有一种很奇特的感觉。想起了养鱼池，想起了养鸡场，冷寂和悲哀就像一股上升的冷气流，冲进我的脊髓。常常就在这个时候挥舞起自己的左拳和右拳，对着身边无形的空气，来一个左勾拳和右勾拳。停下来的时候，却仍然感到某种无法摆脱的压抑。

我不知道自己究竟在等待什么。

每天早晨，早早就守候在门口，等待着绿衣使者带来的消息，在一次又一次的失望之后，我便开始糊制信封，写上许多早就想好的地址投出去，然后在第二天早晨再守候在门口，等待绿衣人的消息。

每天，我都把耳朵削得尖尖的，竖成一只可笑的锐角，随时等待电话的铃声。当一次又一次的铃声响起之后，我都只好放下电话，退回座位，始终没有呼唤我的铃声！

日复一日，年复一年，日子就有了白发。

为了解释我内心的不安和焦躁，我去看过医生，医生给我透视、化验，做过脑 CT，查过染色体，翻看了我浮肿的眼皮，最后给我 10 包“黄连上清丸”，建议我先败火后休息。拿着这些中医和西医最完美的结晶，我回到家里。然而每每听到火车汽笛声响起的时候，我都管不住自己，又奔向不远的火车站，仿佛去接什么人，又仿佛去送自己。而当我站在空旷的车站广场时，却一下想不起来该去出站口还是进站口了。

到处都是这样两难的选择。为了摆脱难以摆脱的阴影，我开始拿起笔来描述所有的感受。我的笔在我的驱动之下开始了漫无边际的惯性滑动，为我设置一个又一个怪圈，把我变成了一只迷宫中的老鼠。左边是陷阱，右边是悬崖，脚下站立的路又布满荆棘。提笔写作的时候，我有时牵着笔走，有时被笔牵着走；我和我的笔走累了，又被另一个主宰我的黑暗中的“我”拖着走。丢掉笔，我抓起镜子，想看看冥冥中的那个“我”，然而镜中只有高高鼻梁、傻傻微笑的自己。

我是在等待那个“我”吗？

母亲很辛苦地操劳着，她的白发一缕一缕，让人想起冬天那些寒心的雪。母亲已经60多岁了，她每天都像一个采山人，不停地忙碌着，像在采摘时间之树上的蘑菇，然后晾晒，然后储存，然后等待冬季。她目的清晰，“人活七十古来稀”，她常常扳着手指头算计着不多的日子，仿佛看一张列车运行时刻表那样安详。我为她这种对待死亡的态度震惊着。我知道有目的的人活着是一种幸福。我在等待什么呢？那个人人都将到达的终点吗？不是！我清楚地明白这一点。是冥冥中那个“我”吗？那么“我”究竟是什么？

每当这样的问题纠缠我时，我都会产生一种与天地相通的幻视、幻觉与幻听，我总是能感觉到那个像人类一样苍老、像我一样年轻的“我”，对我微笑着、讲述着，“我”的嘴唇一张一合，发出悦耳的声音，那声音先是针刺一样刺入心中，然后给人一种彻然大悟的清醒。许多美丽的色彩随着“我”的唇上下动着，像一群引导人类的彩蝶。而当我用心去破译去记忆这些声音时，总会有一些乌鸦落在窗前，使我感到自己原来生活在人世。

在经历了好多次会晤之后，我的直觉告诉我：有一种巨大的尚未被发现的东西正在前方（或者就在我的身旁）存在着，尽管无法握在手里，但我却无时不感到它的质地和内涵。

我怀着这种预感期待着，身边有我年老的母亲、我的亲人，还有许多像我一样把心佩戴在胸前的失眠者。

我知道今后的日子会在痛苦中美丽无比。